LA QUINTA BRUJA

Título original: *Ripper*

© Angela Slatter, 2017
Todos los derechos reservados

© de la traducción: Rebeca Cardeñoso Viña, 2024
© de esta edición: Duermevela Ediciones, 2024
Calle Acebal y Rato, 3, 33205, Gijón
www.duermevelaediciones.es

Primera edición: marzo de 2024

Ilustración de la cubierta © Moixonada, 2024
Corrección: Pilar Caballero
Diseño y maquetación: Almudena Martínez

ISBN: 978-84-127672-2-3
Depósito Legal: AS 00411-2024

Impresión: Kadmos
Printed in Spain — Impreso en España

ANGELA SLATTER

LA QUINTA BRUJA

Traducción de

Rebeca Cardeñoso

Corrección de

Pilar Caballero

I

Kit no había visto el primero, pero el agente Wright le dijo que no se preocupase: este era peor.

Tenía la garganta rajada —no era para tanto, en realidad era un corte bastante limpio y había visto cosas así antes—, pero las faldas de la mujer (a la luz de la farola se veían los tonos fríos, verde, marrón, negro, y algunos volantes rojos) estaban en parte levantadas y en parte rasgadas, y dejaban expuesto su vientre de mujer madura, abierto por un tajo brutal que revelaba un abismo sangriento. Los intestinos le llegaban por encima de los hombros; a un lado había un trozo cortado de unos sesenta centímetros, como si el autor hubiera tenido un plan más ambicioso para él. La cabeza y el rostro mutilados reposaban sobre el pelo espeso, ondulado y oscuro, como si de una almohada se tratara; los cortes no eran los que solían regalarles a las prostitutas ni sus chulos ni los clientes insatisfechos. Allí había un plan, y eso lo perturbaba más que el olor a pis y a mierda que emanaba de aquella pobre desgraciada, que no estaba ya en situación de que le importase o de querer taparse para preservar algún resquicio de decoro. No, pensó Kit, eso era lo que más le molestaba, que la mujer se encontrara expuesta hasta tal extremo en la hora de su muerte, desamparada sin remedio.

La calle Hanbury estaba tranquila, aunque Kit sabía que por poco tiempo. El agente Ned Watkins había soplado el silbato hacía un momento, y la zona pronto estaría inundada de gendarmes, reporteros, prostitutas aterrorizadas y los mirones de rigor. Thomas Wright, que estaba agachado inspeccionando el cadáver de cerca mientras el joven Watkins vomitaba la pinta de cerveza y el pastel de carne en una esquina, emitió un ruido; el ruido peculiar que Kit había acabado por asociar con un policía que descubría a alguien conocido en un día como aquel. Contenía desesperación, decepción, asco, rabia y, cosa sorprendente, una especie de falta de sorpresa astuta, como si de alguna manera fuera de esperar. Kit había empezado a reconocerlo en el primer fruncimiento de labios, el primer aliento exhalado. Se preguntaba si quedaba poco para que él también comenzara a hacerlo.

—Es Annie Chapman. Annie la Morena —dijo Wright con un escupitajo—. Watkins, compórtate, hombre.

Pero Watkins hizo caso omiso y siguió a lo suyo, sumido en arcadas mucho después de tener el estómago completamente vacío. Wright sacudió la cabeza y después le hizo un gesto a Kit.

—Venga, chaval, tú que eres rápido. Vete directo a ver a Abberline y al Mismísimo en la calle Leman... aunque, si pasas por delante del Ten Bells, mete la cabeza por si encuentras al buen doctor Bagster Phillips. No perdemos nada... hay que avisarlo de todas formas.

Kit asintió y se dio la vuelta, aliviado de volcar su energía nerviosa en algo útil; por desgracia, chocó de pleno con la silueta del agente Airedale que se acercaba a ellos, el policía más grande y desagradable de todo Whitechapel; la pelea por el título había estado muy reñida. Kit rebotó contra el tronco de Airedale y estuvo a punto de caerse de culo.

—Mira por dónde vas, imbécil —gruñó el enorme poli.

—Déjalo en paz —contestó Wright con sequedad—, solo hace lo que le dije. Arranca, chaval.

Kit se adentró en la noche a la carrera entre las burlas de Airedale.

—¿Y eso? ¿Le dijiste que chocara conmigo?

El aire era frío, pero Kit sentía que le ardía la cara, y no solo de vergüenza, también por la angustia de ver a una mujer tan maltratada. ¿Cómo la había llamado Wright? Chapman, Annie. La primera había sido Mary Anne Nichols. Kit no la había visto, pero sí a la pobre Martha Tabram, hecha un colador con una bayoneta. Y, aun así, lo de Annie Chapman con las tripas hechas jirones era todavía peor. Se pasó una mano sobre el vientre plano en solidaridad.

Había leído los informes sobre Nichols cuando estaban sobre la mesa del inspector. De niño, Kit se había convertido en un experto en leer del revés, tanto por verdadero interés como por supervivencia. Había descubierto pronto que la única esperanza de hablar con su padre era comentar lo que estuviera leyendo el reverendo Caswell en la mesa del desayuno (pese a las protestas de su mujer).

Un vistazo rápido en el Ten Bells confirmó que no había rastro del médico forense de la policía de Whitechapel, así que dedujo que el buen doctor por fin se había ido a dormir a su casa. Kit siguió corriendo, infatigable, hasta que llegó a las escaleras de la comisaría y las subió de tres en tres, le hizo un gesto vago de saludo al sargento de la mesa de la entrada y subió como un rayo hasta la segunda planta.

Abberline y el Mismísimo estaban repantingados en la oficina que compartían a la fuerza desde que habían trasladado al primero a la calle Leman para coordinar las investigaciones de los asesinatos de Whitechapel. Ese era el despacho que había ocupado como cabeza de la división H durante nueve años. De forma bastante irritante, su ocupante actual, Edwin Makepeace, se había negado a irse y cederle el sitio al oficial de mayor rango. Lo que habría sido un espacio bastante amplio para una sola persona, se había convertido en un habitáculo un tanto estrecho para dos. Las mesas, enfrentadas, casi se tocaban, como dos toros en plena embestida. Ninguno de los inspectores pasaba demasiado tiempo en casa desde el asesinato de Nichols; había debate entre sus filas sobre si esto se debía a su devoción a la causa o al temor de que dejar el territorio desguarnecido pudiera significar perderlo. Kit sospechaba que a una combinación bastante igualada de ambas.

Kit llamó a la puerta con prisa y la entreabrió antes de que le dieran permiso, encontrándose con sendas miradas de acero posadas en él. Abberline no era ni alto ni bajo, rondaba los cuarenta y tiraba a robusto; un hombre pulcro con enormes patillas y un cuidado bigote. Su compañero, por el contrario, era alto y delgado, y tan desaliñado como aseado era Abberline. Hasta cuando se vestía para una reunión con sus superiores, hecho un pincel, Kit había observado que su jefe conservaba la apariencia de un hombre al que acababan de sacar a rastras de un seto.

En el territorio neutral donde se juntaban los escritorios había una botella de whisky empezada y un par de vasos, cada uno con una medida distinta del líquido ambarino. Al parecer, los jefes habían alcanzado algún tipo de acuerdo. A su pesar, a Kit se le atropellaron las palabras y solo logró emitir un tartamudeo inarticulado. Ninguno de los dos era tan cruel como para reírse de él.

—Escúpelo, chaval —gruñó Abberline.

Kit cogió aliento, intentando que no se le notara, y empezó a hablar.

—Ha habido otro, señores. Otra mujer asesinada.

Si les sorprendió que Kit no dijera «Han destripado a otra prostituta», que mostrara cierto respeto, incluso sensibilidad, hacia la fallecida, ninguno de los dos lo dejó entrever. A lo mejor lo achacaban a su juventud y suponían que se iría endureciendo a medida que ganara experiencia. A lo mejor estaban demasiado cansados para fijarse.

—¿La víctima tiene nombre, Caswell?

Makepeace se levantó despacio, con cuidado de no golpear la silla contra la pared, demasiado cercana. Cogió su abrigo verde de cuadros de la repisa y se lo puso; la tela parecía temblar, poco dispuesta a amoldarse a los hombros de su dueño. Cuando la prenda se rindió y asumió su lugar, Makepeace le lanzó a Abberline una chaqueta de cuadros escoceses para que el inspector se pusiera presentable.

—Sí, señor. Annie Chapman, señor —respondió Kit, y añadió, aunque no fuera necesario—: También era prostituta, señor.

—Una belleza errante de la noche —suspiró Abberline, para sorpresa de Kit. No esperaba descubrir una vena poética en el inspector—. ¿Vas a decirnos dónde, chaval, o tendremos que vagar por la ciudad hasta darnos de bruces con ella?

—Hay bastantes opciones de que se encuentre con el cadáver equivocado, señor, con eso de estar en Whitechapel —contestó Kit sin pensar, y de inmediato quiso morderse la lengua. Abberline y el Mismísimo soltaron una carcajada, y Kit atribuyó al whisky su salvación—. En la calle Hanbury, señores, en el número 29. Busqué al doctor Bagster Phillips de camino, pero no estaba en el Ten Bells.

—Prueba en su casa. Si no está allí, no tengo ni idea de a cuál de sus amantes estará visitando esta noche, así que tendremos que encontrar a otro matasanos que la abra. —Makepeace suspiró—. Preferiría que fuera él.

—Sí, señor, lo haré lo mejor que pueda, señor.

—Ve, Kit; antes de que se haga de día, habrás corrido por media ciudad.

II

La parada en los almacenes de Limehouse añadía veinte minutos al camino a casa, pero era inevitable. El cobertizo, en apariencia ruinoso, estaba oculto en las profundidades del descuidado jardín posterior del número 14a de la calle Samuel; Kit no era la única persona con permiso para utilizarlo, pero sabía que sus visitas se fijaban con cuidado para asegurarse de que ningún retraso chocase con la suya. La privacidad era crucial y Kit había observado que eso los orientales lo entendían mejor que nadie. También había descubierto que las deudas eran igual de importantes, y agradecía que la deuda en cuestión fuera para con él y no al contrario.

Abrió el cerrojo del cobertizo cuando los pálidos rayos del amanecer bañaban indolentes el cielo de septiembre y al entrar echó de nuevo el cerrojo con sumo cuidado. En una esquina había un farol siempre encendido y, bajo su luz, Kit distinguió huellas de botas embarradas sobre el claro suelo de abedul, señales de otras idas y venidas. El interior del almacén habría sorprendido a cualquiera que no tuviera una llave: se trataba de una estancia ordenada (a pesar de las huellas de barro), en la que se alineaban baúles de madera bien cerrados con tiras de cuero. Ni los usuarios más depravados del lugar osarían traicionar la confianza de sus compañeros de refugio ni de sus anfitriones chinos, no valía la pena. En una esquina había una trampilla, también con cerrojo. Kit no tenía esa llave.

Su baúl era el más cercano a la trampilla, así que había tenido tiempo de sobra para estudiarla los últimos tres meses, el mismo período, no por casualidad, que llevaba trabajando en la Policía Metropolitana de Londres. El agente abrió la cerradura, levantó la pesada tapa y suspiró al sacar un vestido azul marino, casi tan oscuro como su uniforme, con su polisón y sus mangas absurdamente apretadas, y lo sacudió para alisar las arrugas de la bombacina.

«La ventaja del color —pensó la joven—, es que no aparenta llevar casi un día doblado en el fondo de un baúl».

No podía recordar cómo había sido capaz de sentarse con comodidad sobre un polisón, si es que lo había logrado alguna vez. Kit —Katherine— Caswell se quitó el casco de policía de la cabeza y se frotó el cuero cabelludo con los dedos largos. Tenía el pelo castaño rojizo como el de su padre y lo llevaba corto. En cierto modo, estaba agradecida por haber tenido que vender sus tirabuzones al fabricante de pelucas para poder pagar la medicina de Lucius; le llegaban hasta la cintura, una melena espesa que era la envidia de cualquier joven, y le habían pagado bien. Desde entonces lo llevaba corto, se lo recortaba a escondidas de su madre, que no parecía percatarse, excepto para comentar de vez en cuando que era una pena que los rizos no quisieran volver a crecer. El pelo corto y su mandíbula cuadrada ayudaban a que Kit pasara por muchacho. Un muchacho afeminado, cierto era, pero un chico al fin y al cabo, con una voz profunda para una joven, aguda para

16

un joven y que no la traicionaba siempre que tuviera cuidado de no levantar el tono.

Bajo el vestido estaban las innumerables enaguas y ropa interior que aborrecía más cada día que pasaba, en particular el corsé; ni siquiera las tiras con las que se fajaba los modestos pechos bajo el uniforme eran tan incómodas y limitantes. Lo sacudió todo antes de vestirse, no fuera a ser que algún insecto decidiera que sus bragas eran un buen hogar. Pero el almacén estaba muy limpio, y Kit sabía que no tenía verdaderos motivos para preocuparse. También sacudió los zapatos, las botitas negras de cuero con lazos y botones laterales que le hacían daño en los dedos de los pies. En el espejo de cuerpo entero, agrietado y con manchas, que los dueños habían tenido la bondad de colocar (Kit sabía bien que la suya no era la única transformación que tenía lugar allí a diario), inspeccionó su aspecto, se colocó la ridícula capota color crema y café, cubierta de lazos y mariposas de seda, y se ajustó la capa corta a los hombros para protegerse del frío. Tenía aspecto respetable, y eso era lo máximo a lo que podía aspirar.

Tras sortear los arbustos de espinas y el sendero embarrado, por fin puso el pie en una callejuela, después de cerciorarse de que nadie la observaba. Solo había un niño chino pequeño, encaramado a un taburete en la puerta trasera, adormilado, pero lo bastante despierto para dedicarle una inclinación de cabeza cuando pasó por delante. Formaba parte del grupo de niños que su comunidad utilizaba para recopilar información que podría protegerlos, aprender el negocio, aprender a guardar secretos, aprender una docena de otras cosas, posiblemente ilegales, ante las que quizás Kit tendría que mirar hacia otro lado algún día. Ya se preocuparía por eso cuando llegara el momento. Por ahora, la tolerancia y la ceguera voluntaria les interesaban a todos; en los últimos meses había comprendido que, a veces, una parte de hacer cumplir la ley pasaba por fingir ignorancia, y estaba más que dispuesta a aplicar ese principio a su situación actual.

El número 3 de Lady's Mantle Court estaba a diez minutos. Las calles empezaban a cobrar vida, así que sus pasos no eran el único sonido que las poblaba; los panaderos que repartían sus encargos, los carniceros que arrastraban las piezas hasta los restaurantes y las grandes casas, los camiones de carbón que pasaban y las vendedoras de flores que gritaban a cualquier transeúnte se combinaban para dar comienzo a una cacofonía que crecería sin pausa hasta bien entrada la noche. Y eso que las cosas estaban más tranquilas desde que encontraron a Mary Anne Nichols. Se tranquilizarían todavía más, pensó Kit, ahora que Annie Chapman se había unido a su colega. Después se preguntó cuánto faltaba para que la población masculina de la ciudad se levantara en armas, o al menos los chulos y matones de las prostitutas; los que vivían a costa del esfuerzo de las mujeres y a los que no les importaba pegarles una buena paliza a sus «empleadas», pero que Dios se apiadase del hombre que golpease a la prostituta de otro… al menos sin pagar un extra. Cuando llegó ante una puerta azul familiar, Kit apartó esos pensamientos de su mente, compuso conscientemente una expresión vacía y obediente, sacó la pequeña llave negra del ajado bolso de mano de terciopelo —que contenía también un refinado pañuelo bordado y un puño de latón— y la introdujo en la cerradura.

—¿Lo conseguiste? ¿Katherine?

Jesús bendito, ¿es que su madre llevaba toda la noche en vela, esperando su llegada? Kit respiró hondo y se dirigió al saloncito de las habitaciones que alquilaban en la casa destartalada y elegante de la señora Kittredge. En efecto, ahí estaba, sentada frente al fuego moribundo, con una manta raída sobre las rodillas. La labor había rodado hasta el suelo y se había enredado en las zapatillas gastadas de Louisa Caswell. La capota de luto, a la que no había renunciado a pesar de que hacía casi tres años de la muerte de su marido, reposaba torcida sobre su negra melena salpicada de plata; el pelo flotaba sobre sus hombros delgados, y sus ojos, con un brillo febril, intentaban atravesar a Kit, entrar en su interior y encontrar todos los secretos que pudiera esconder.

Kit sonrió.

—Sí, madre. Buenos días.

—¿Pudiste terminarlo todo? —repitió Louisa, como si su hija no hubiese respondido.

Kit asintió, cruzó la estancia y le dio unas palmaditas a su madre sobre las manos largas y finas con dedos de araña.

—Sí, madre. Terminamos el encargo completo. La señora Hazleton está muy complacida.

—¿Así que puedes quedarte un rato en casa? ¿Te pagó? Lucius necesita más medicina. ¿Te pagó?

Louisa estaba convencida desde hacía un tiempo de que Kit seguía siendo aprendiz de sombrerera al otro lado del Támesis, y de que su trabajo en ocasiones requería que su hija se quedase de noche para terminar a tiempo encargos de gran cantidad de sombreros. Estaba dispuesta a creer que las confecciones de la señora Hazleton, cargadas de plumas, seda, lazos y abalorios, de redes y perlas, estaban muy demandadas. Louisa no tenía la menor idea de que la miseria que su hija ganaba en aquella posición no daba para cubrir las necesidades de tres personas, una de ellas muy enferma. Hacía cuatro meses que a Kit se le había ocurrido su plan, tras descubrir cuánto mejorarían sus condiciones salariales si fuera un hombre.

—Sí, madre. Me han pagado. Compraré la medicina de Lucius por la mañana y le pagaré a la señora Kittredge lo que

19

le debemos. Después iré a la compra y tomaremos una buena comida antes de que vuelva a trabajar. Quédate tranquila. —Kit acarició el pelo y el rostro de Louisa y se sorprendió al descubrir cuánto resentimiento bullía en su interior, como bilis, y cuánto odiaba ejercer de madre de su propia madre cuando ella misma apenas había dejado atrás la niñez—. ¿Llevas toda la noche levantada?

—No, cariño. Dormí muy bien.

Kit pensó que seguramente así había sido después de tomarse la dosis de láudano, la única forma que había encontrado Louisa de seguir adelante tras el fallecimiento del reverendo Caswell. Kit rozó con delicadeza el muñón en la oreja izquierda de su madre, de la que solo quedaba un trocito de la mitad superior. Louisa la apartó con un manotazo, como si el roce le recordase cosas que deseaba olvidar.

—Voy a ver cómo está Lucius, madre, y después desayunamos todos juntos. ¿Quieres tu labor?

La mujer asintió y Kit levantó con cuidado la maraña inidentificable de lana gruesa y agujas de madera lisa, la colocó en el regazo de su madre y la dejó seguir con lo que fuera que creía estar haciendo.

La alcoba de su hermano estaba al fondo del piso; todo el apartamento era pequeño pero pulcro y, aunque las alfombras estuvieran un poco raídas, la pintura no se desconchaba. Algunas semanas Kit le pagaba un poco más a la señora Kittredge para que ayudara a limpiar sus habitaciones, y esta lo hacía con gusto. Tampoco le importaba hacerle compañía a Lucius cuando su madre y su hermana tenían que salir; y muchas veces, cuando llegaba a casa por la tarde, Kit se encontraba a su madre y a la casera en la salita tomando el té y cotilleando, o en la cocina pelando guisantes para preparar un gran guiso o una sopa que compartir en las dos casas... y cotilleando. Kit se preguntaba si la señora K era consciente del deterioro de la salud mental de Louisa; quizás sí, y eso la volvía más amable. Sin familia propia que viviera cerca, la señora K había adoptado a los Caswell y parecía pasar más tiempo con ellos que en sus dominios en los dos pisos superiores. A Kit no le importaba, así había alguien pendiente de su familia mientras ella estaba fuera.

—Descansa un poco —le había dicho el inspector Makepeace cuando se fue de la comisaria en la oscuridad del alba.

«Es más fácil decirlo que hacerlo», pensó Kit. Lucius aún no se había despertado, y Kit lo observó mientras dormía. Tenía el mismo tono de piel que su madre, pelo negro y piel casi transparente, y unos ojos azul helado que se caldearon cuando se despertó y vio a su hermana.

—¡Kit!

Trató de sentarse con dificultad, impulsándose con los brazos delgados; el peso muerto de las piernas volvía la tarea más complicada de lo que debería. Kit acudió en su ayuda, ahuecó las almohadas y lo ayudó a recostarse contra ellas. La habitación era angosta, igual que el resto de la casa: había el espacio justo para una cama estrecha, una cómoda y una mesa junto a la almohada, donde reposaba un ejemplar de *El extraño caso del doctor Jekyll y el señor Hyde*, de Stevenson.

—Ten cuidado con eso. Como lo vea madre, la vamos a estar oyendo hasta el día del juicio.

Kit cogió el libro fino, se sentó y se lo colocó en el regazo. Louisa estaba en contra de que su hijo leyera cualquier cosa que no fuera «instructiva», y desde luego no consideraba instructivo a «ese escocés». Creía que su trabajo animaba a los chicos a huir de casa en busca de aventuras. Lucius le dedicó su sonrisa más esplendorosa.

—No se enfadará conmigo, Kit, no te preocupes.

—Contigo no, pero conmigo seguro que sí, y seré la peor persona del mundo por habértelo dado —señaló ella, regañándolo en broma.

—¿Qué hiciste anoche? ¿Qué viste?

Cuando Kit había puesto en marcha su plan y cambiado de trabajo (por decirlo suavemente), su hermano se había enterado; lo notaba todo, todas las costumbres de la casa, porque no tenía nada mejor que hacer. Era el tipo de secreto que resultaba difícil ocultarle... A diferencia de Louisa, que pasaba tanto tiempo en su propio mundo, sin importarle nada mientras se pagaran las facturas, Lucius tuviera su medicina y ella la suya, y apareciera comida en la mesa a su hora. Lucius leía, escribía en libretas baratas que le traía Kit, leía un poco más, contemplaba el jardín desde la ventanita de su habitación, jugaba al whist con la señora K, aunque Louisa no era capaz de seguir el juego. Pero su hermano, observó Kit, se mantenía animado; la enfermedad y la inmovilidad no le habían agriado el carácter, y estaba deseando saber a qué se dedicaba cuando se vestía de hombre.

Kit se preguntaba si habría sido tan tolerante de seguir vivo su padre, si hubiera pasado la mayor parte de sus trece años entre otros muchachos, bebiendo de sus opiniones y sus prejuicios. A pesar de las dificultades que su enfermedad les había causado a todos, una pequeña parte de ella se alegraba de que lo hubiera vuelto tan dulce y amplio de miras.

Se inclinó hacia delante, pensando en qué contarle, en cómo contárselo, pues su hermano disfrutaba muchísimo de una buena historia. Así que empezó con la patrulla nocturna, las tres peleas que había parado antes de bajar por la calle Hanbury y encontrarse a Wright y a Watkins cada uno en su postura junto a la pobre Annie Chapman. Pasó por encima de los peores abusos cometidos en el cuerpo de la mujer, pero le contó lo suficiente para que una expresión de placer horrorizado se encendiera en su rostro mientras murmuraba una oración por el alma de la fallecida. Cuando terminó su historia y se reclinó en la silla, parecía que Lucius se hubiera zampado una buena comida; aunque Kit sabía que no lo había hecho.

—Bueno, me voy a preparar el desayuno antes de que madre venga en mi busca.

—Cinco minutos más, Kit, por favor. Léeme otra vez el capítulo de anoche.

—Pero si ya lo has leído... No va a haber ninguna sorpresa —lo provocó.

—Por favor, Kit, es que me gusta oírlo también. ¿Por favor?

Kit cedió y abrió el libro.

—«Dos semanas después, por extraordinaria buena suerte, el médico dio una de sus agradables cenas...».

III

Eran las dos de la tarde y Kit, de nuevo caracterizada, apenas podía contener los bostezos. El problema —aparte de las miradas asesinas del Mismísimo— era que al bostezar le entraba el olor en la boca, y ya era bastante malo que su pobre nariz tuviera que sufrirlo. No podía evitar imaginarse aquel olor como un sabor, algo que se contagiaba por el aire. La morgue de la calle Old Montague apestaba a muerte, como era de esperar; un hedor que se había incrustado en los mismos ladrillos de las paredes, en las piedras del suelo. Por suerte, la temperatura era amable; Kit suponía que si tuviera que pisar aquel lugar en pleno verano, era muy probable que se desmayase.

En la mesa, frente al doctor Bagster Phillips, reposaba Chapman, Annie, la mujer a la que el doctor se refería como «una desafortunada», como si su muerte fuera algún tipo de inconveniente que se pudiera haber evitado en mejores circunstancias, algo de lo que podría recuperarse. Kit mantuvo un gesto neutro; Makepeace la observaba con demasiada atención como para permitir que ningún pensamiento se colase en su expresión. Su camuflaje se mantenía gracias a una disciplina diligente en todas las áreas de su persona, su mentalidad y su comportamiento.

Estaba de pie, con las piernas separadas, balanceándose y dando gracias por llevar botas sensatas de suela plana y ni rastro de botones ni lazos. La voz del doctor Bagster Phillips era un zumbido en su cabeza, absorbía los comentarios sobre el cadáver sin prestar verdadera atención: los pulmones infestados de tuberculosis, los tejidos del cerebro dañados, las abrasiones en los dedos donde le habían quitado anillos (que no se habían encontrado), el cuello cortado limpiamente, la cabeza casi cercenada, las horribles lesiones en su vientre y el hecho de que su útero había desaparecido. Una bayoneta, había dicho el médico con convencimiento, o algo muy parecido, empuñada por alguien... un hombre, por supuesto, ninguna mujer poseería esa fuerza. Kit pensó para sus adentros que aquello no era cierto; si Annie la Morena hubiese quedado incapacitada primero, no había nada que impidiese a una mujer ensañarse a machetazos con ella, aparte de sentido de la decencia y escrúpulos.

—¿Un bisturí, a lo mejor? —preguntó Abberline, y Bagster Phillips dejó escapar un suspiro de irritación.

—O un cuchillo de carnicero o de circuncisión... —murmuró casi para sí mismo; luego trató de dominar su enfado.

—¿Alguien con una carrera que proporcione conocimientos de anatomía? —preguntó Makepeace, y Kit vio cómo el forense se removía hasta que acabó por asentir de mala gana y farfullar «quizás».

Kit supo que no quería que nadie pensara que aquello pudiera ser obra de un médico. No podía culparlo y mantuvo la vista en la mujer mientras el cirujano de la policía seguía con su trabajo. La pobre Annie no tenía mejor aspecto que la última vez que Kit la había visto, excepto porque la habían limpiado. Seguía teniendo el rostro hinchado y magullado, los cortes se habían secado y adquirido obscenos tonos negros y marrones, que destacaban contra su piel blanca y muerta. Y las heridas antiguas, su vida hasta que alguien se la había arrebatado con el filo de un arma, estaban escritas sobre toda su piel: cicatrices, contusiones, arañazos y rasguños. Kit tuvo que parpadear para detener el calor de las lágrimas. En aquella cámara fría y maloliente, nadie más mostraba simpatía hacia la fallecida, así que ella tampoco lo haría.

Las preguntas de Abberline y Makepeace interrumpían de vez en cuando la narración del médico. Los dos estaban junto a la mesa en la que reposaba el cadáver y se inclinaban para ver de cerca los traumatismos o cortes que les indicaba Bagster Phillips, o las manchas, o cualquier otro elemento del asesinato de la mujer. Kit estaba entre Wright y Airedale, con este último cerniéndose sobre sus dos compañeros.

—Vosotros —dijo Makepeace, y su voz reverberó contra las paredes—, ¿hablasteis con sus clientes de anoche?

Wright asintió y recitó los nombres de los hombres a los que habían podido encontrar; todos tenían coartada: dormían cómodamente en sus camas con sus esposas después de haber disfrutado de los servicios de Annie.

—¿Y el marido de Chapman? —prosiguió Makepeace.

Se produjo un silencio y, cuando se hizo evidente que sus compañeros no podían llenarlo, Kit dejó caer:

—Su marido era John Chapman, señor, pero llevaban cuatro años separados. Se fue de Londres poco después de que sus caminos, eh, divergieran.

Airedale y Wright tenían la mirada fija en Kit, el primero con resentimiento y el segundo con sorpresa.

De perdidos al río.

—Hablé con las furcias anoche, señor, las que se quedaron merodeando —continuó Kit—. Me lo contó Eliza Cooper, con la que Annie se había peleado a cuenta de un vendedor ambulante llamado Harry, y no, todavía no lo he localizado. Al parecer eran amigas antes de convertirse en rivales. Y a Annie a veces se la veía en compañía de un tal Edward Stanley, aprendiz de albañil.

—¿Has hablado con el señor Stanley? —preguntó Abberline. Kit sacudió la cabeza.

—Pensaba buscarlo hoy, señor, y también a Harry el Buhonero.

—Mejor ocúpate del señor Stanley. Tus compañeros pueden buscar e interrogar a ese misterioso Harry, a ver si se enteran de tanto como tú igual de rápido.

Makepeace les dirigió a sus otros subordinados una mirada capaz de fundir cristal; Kit sabía que la estaban recompensando al enviarla a encontrar a alguien de quien ya conocía el nombre y el lugar de trabajo. Los otros dos tendrían que empezar desde abajo; si fueran listos, intentarían hablar con Eliza Cooper primero, pero ¿quién sabía dónde localizarla durante el día?

—¿A qué estáis esperando? —ladró Makepeace—. Fuera de aquí. Y Caswell.

Kit se detuvo, haciéndose a un lado para evitar el empujón intencionado de Airedale.

—¿Sí, señor?

—Mary Anne Nichols. Habla con su marido, averigua si él también conocía a Chapman.

—William Nichols. Sí, señor.

Siguió a Wright y Airedale bajo la luz acuosa de la tarde. Kit respiró hondo; aunque el aire no era el más dulce, seguía

28

siendo una mejoría increíble comparado con la atmósfera de la morgue. El poli más corpulento le echó una mirada asesina.

—Pelota de mierda. Pelota de mierda afeminado.

—Déjalo en paz. Que haya hecho un buen trabajo no es razón para odiar a alguien. No es culpa suya que sea más listo que tú, Airedale.

Wright se cruzó de brazos, sacudió el cuello y crujió la espalda con fuerza, como si estuviera calentando para una pelea. Airedale, por muy grande que fuera, no tenía pinta de ir a enfrentarse a Wright, que era bajo pero fornido y muy bueno en las peleas a puñetazos. Kit se preguntó qué haría si algún día le faltaba la presencia protectora del agente más veterano y Airedale descubría que tenía vía libre. Wright apuntó a Kit con la barbilla y le dijo:

—En marcha, chaval, más vale que no hagas esperar al Mismísimo, con las altas expectativas que tiene en ti.

Kit le dedicó una sonrisa, esquivó una patada de Airedale, que volvió a mascullar «pelota afeminado de mierda», e hizo un esfuerzo consciente por caminar con un aire más masculino, con las piernas separadas como si unos grandes testículos dificultaran sus pasos. Siguió igual hasta que giró hacia Brick Lane; esa incómoda forma de caminar le hacía rechinar la cadera, y el par de calcetines enrollados que llevaba en la parte delantera se habían movido a la izquierda y le molestaban. Kit se recolocó la «entrepierna» y pensó que solo como hombre podía hacer algo así en público.

Un silbido, fuerte y voraz, captó su atención.

En la calle, antes vacía, había ahora una mujer menuda con el pelo castaño oscuro, de pie en la entrada de un callejón. Llevaba un vestido verde bosque, una chaqueta negra corta encima y un delantal blanco y limpio, pero Kit no tenía la menor duda de cuál era su profesión. Tenía la piel clara e iba sin sombrero, llevaba colorete en las mejillas, como una muñeca, y los labios pintados de un rojo intenso; su postura, con una cadera a un lado, como un ofrecimiento, y su mirada parecían decir «acércate» mientras pestañeaba. Levantó una mano fina y elegante y le hizo un gesto majestuoso a Kit para que se aproximase.

—¿Qué haces, mierdecilla? ¡Espabila!

Airedale gruñó detrás de Kit y le dio una palmada en el hombro con su manaza. Sobresaltada, Kit se retorció como una anguila y echó a correr.

—Más te vale correr, mariquita —bramó Airedale con una carcajada desagradable.

Kit no se detuvo. Cuando llegó al sitio en el que había estado la mujer, este se encontraba vacío, pero en algún punto de las profundidades en sombra del callejón le pareció sentir movimiento, y el peso de una mirada aún posada en ella.

IV

William Nichols fue más difícil de encontrar que Edward Stanley, pero le resultó más fácil hablar con él. Stanley, que estaba en el trabajo, era reacio a perder tiempo en hablar con Kit. No le pareció que fuera debido a un sentimiento de culpa (aunque tampoco podía estar segura), sino más bien al deseo de no verse involucrado. De vez en cuando pasaba tiempo con Annie, sí; en ocasiones compartían alojamiento, sí. Pero hacía más de seis meses que no la veía, y había conocido a una chica, una chica buena, amable y dulce... muy religiosa. Estaba prosperando, ¿es que Kit no lo veía?, y no podían, no debían, asociarlo con mujeres depravadas como Annie Chapman. Sentía lo que le había ocurrido, pero se lo había ganado con el tipo de vida que había llevado.

Kit descubrió que le desagradaba el nuevo y recto señor Stanley, su virtud se le atragantaba como un hueso de pollo. Y tenía coartada, a pesar de que ella hubiera preferido que no, aunque solo fuera por el simple placer de llevarlo a comisaría.

—Ay, pobre Polly —dijo William Nichols, sacudiendo la cabeza.

Kit lo encontró en el Bricklayers Arms, ya bastante achispado. Era maquinista de impresión y había terminado la jornada; su jefe estaba sentado a su lado, también borracho. Cuando apareció Kit, el jefe puso una excusa para irse, algo sobre su esposa, que lo esperaba en casa más pronto que tarde, con el rodillo listo y su mal genio. Kit ocupó el asiento que el impresor acababa de dejar vacante, con cuidado de sentarse con las piernas abiertas y los brazos cruzados. Los comentarios de Airedale la habían hecho dudar de si se habría vuelto descuidada en el mantenimiento de su fachada masculina. A lo mejor, pensó Kit con sequedad, había llegado el momento de adoptar todo el abanico de señas de identidad del comportamiento viril: escupir en la calle, eructar después de comer y tirarse pedos con entusiasmo en habitaciones pequeñas sin ventilación.

—Pobre Polly, pobre Mary Anne —suspiró Nichols.

Kit meditó sobre la costumbre de las prostitutas de no decidirse por un solo nombre y crear nuevos personajes para sí mismas, un seudónimo de alcoba.

—¿Cuándo la vio por última vez, señor Nichols?

—Hace unos meses. Ya sabe que estamos separados —respondió; su rostro redondo expresaba tristeza mientras le daba sorbitos a la ginebra.

Kit lo sabía, una de las mujeres con las que había hablado cuando murió Mary Anne/Polly —Nelly Holland, la prostituta con la que compartía habitación— le había contado que William había tenido una aventura con la enfermera que había asistido el parto de su último hijo y después se había largado. Él se había visto obligado a pasarle la pensión a Polly, hasta que se descubrió que ella hacía la calle; sus ganancias ilícitas liberaron a su antiguo marido de sus obligaciones fiscales.

Según Holland, Polly afirmaba que cada cierto tiempo mantenían relaciones sexuales, aunque Nelly no había visto ninguna señal de ello. Kit supuso que era posible; William Nichols parecía sentir cariño verdadero por su esposa fallecida y no aparentaba tener un interés propio en aquello. Para su sorpresa, el hombre añadió:

—Fue todo culpa mía. No debería haber puesto mi sombrero donde no le correspondía. Pero es que Polly estaba tan cansada después del último bebé, y un hombre tiene sus necesidades... Tendría que haber sido paciente.

Kit se preguntó si todos los hombres de Whitechapel se habían contagiado del mal de la autosuperación; le parecía que el mundo no sería capaz de soportarlo si esa fiebre seguía avanzando sin tregua.

—Claro —respondió—. ¿Su mujer conocía a Annie Chapman?

Él asintió con aire perspicaz.

—Todas se conocen entre sí, ya sabe. Las mujeres. —Lo dijo como si el género fuera una especie de tribu con un conocimiento integrado de todos sus miembros, y después especificó—: Las furcias. Se conocen; si no se están peleando por una zona o por clientes, están bebiendo juntas en alguna parte. Si no están discutiendo sobre quién robó la mejor enagua, están compartiendo confidencias sobre los malos clientes, los que no pagan lo prometido o hacen daño a las chicas en vez de hacer cosas normales.

—¿Eran amigas? —preguntó ella—. Es decir, ¿se conocían bien?

Él se encogió de hombros.

—Lo bastante para compartir una copa en el Ten Bells, supongo. —Le brillaron los ojos—. Oiga, ¿por qué lo pregunta? ¿Han encontrado al cabrón que rajó a mi Polly?

Kit negó con la cabeza y vio cómo su interés se esfumaba.

—No, señor Nichols, lo siento. Solo intento averiguar si Annie y Polly tenían alguna conexión que pudiera resultar útil en la investigación.

—No puedo ayudarle, joven, se lo he contado todo, lo siento.

Parecía tan abatido que Kit se vio tentada de alargar el brazo y darle unas palmaditas en la mano, pero aquello sería malinterpretado y no le traería más que problemas. Así que asintió, se puso en pie, le deseó buenas noches y atravesó las salas abarrotadas y llenas de humo del Bricklayers Arms hasta salir a la noche, dando gracias por el grosor de su túnica contra el frío que la envolvía.

Sus pasos sonaban gélidos sobre los adoquines, y los carruajes causaban un gran estrépito al pasar, camino de lugares mejores. Las farolas estaban prendidas, faros amarillos que parpadeaban débiles ante los primeros indicios de una bruma nocturna. Por supuesto, los callejones y los patios, las calles secundarias y las lagunas entre edificios no merecían iluminación eléctrica; la oscuridad necesitaba lugares en los que prosperar. Cuando había abandonado la puerta del pub y recorrido un trecho de la calle Commercial, bien iluminada, escuchó un choque y un crujido, como si alguien hubiera dejado caer algo y pisoteara otra cosa, justo en un callejón.

—Sí que pareces un chico guapo —dijo una voz proveniente de las sombras oscuras, ondulando sin esfuerzo entre dos acentos; y, aunque era una voz de mujer, Kit sintió un escalofrío. Frunció el ceño y se concentró en identificar las tonalidades distintivas mientras oteaba las sombras—. Pero apuesto a que no tienes lo que hace falta.

Eso último lo dijo acompañado de una risa, y la prostituta que había visto a la salida de la morgue emergió de la oscuridad. Irlandesa, pensó Kit, y galesa; una mezcla delicada de dejes rítmicos, cadencias musicales y extrañas oclusiones glotales. La mujer se acercó y deslizó furtivamente una mano para agarrar la ingle de Kit, apretó por un momento los calcetines enrollados y los soltó con una carcajada. Fue un movimiento tan rápido e inesperado que Kit no tuvo tiempo de reaccionar y se quedó ahí plantada, con la boca abierta, horrorizada. La mujer le dio la espalda, la miró por encima del hombro y dijo:

—¿Me acompañas, *chaval*?

Kit tragó saliva, sin atreverse a hablar, concentrada en alejar a esa acompañante indeseada de cualquier lugar en el que pudieran escucharlas. Sus pasos se emparejaron y caminaron con solemnidad hacia la Iglesia de Cristo, obra de Hawksmoor, y su pequeño cementerio, una isla de oscuridad que lamía la calle Commercial. Se quedaron en silencio un par de minutos; la mujer saludó con un asentimiento a otras prostitutas que esperaban compañía. Le devolvieron el saludo, y Kit se preguntó si William Nichols no habría tenido más razón de la que él mismo suponía cuando sugirió que aquellas hermanas de la calle se conocían todas entre sí.

—¿Cómo lo supiste? —preguntó con voz queda cuando llegaron a las púas metálicas de la valla del cementerio.

—Son cosas que sé sin más. Pero estás haciendo un buen trabajo engañando a los polis. No prestan atención, por muy investigadores que sean. Se toman las cosas al pie de la letra, ¿no te parece?

Hablaba bajo, y Kit comprendió agradecida que estaba dispuesta a guardarle el secreto, por lo menos de momento.

—¿Qué quieres? No tengo dinero de sobra —dijo, pensando que no podía permitirse que la chantajearan.

—Perdona, puede que sea puta, pero no soy una ladrona —replicó la mujer; su dignidad herida le coloreaba el tono.

—Yo... Lo siento.

—Ah, no te preocupes. Claro que soy una ladrona, todas lo somos, solo quería comprobar si tienes un mínimo de educación. —Soltó una carcajada estridente. Era mayor que ella, andaría por los veinticinco, y era muy guapa, aunque Kit observó que no faltaba mucho para que la dureza de su estilo de vida empezara a reflejarse en su rostro—. Las otras siempre dicen que eres un joven educado, que no les hablas con desprecio, que las escuchas. Ah, no te preocupes, no saben lo que sé yo, y si lo supieran, tampoco lo contarían... Las calles son más seguras contigo aquí, y esas cosas. No quiero tu dinero, Kit Caswell, pero quiero hablarte de Polly y Annie.

—¿Las conocías?

—Por supuesto, somos tal para cual —respondió la mujer con timbre melódico.

—¿Y tú quién eres? —preguntó Kit con retraso.

—Mary Jane Kelly —contestó ella, y señaló con la cabeza hacia un asiento dentro del cementerio—. Marie Jeanette, si lo prefieres. O Emma la Rubia, o Pelirroja, o María la Negra, si te gusta más.

—Tienes nombres para todos los gustos —comentó Kit, y Mary Jane le echó una mirada recriminatoria.

—¿Tú no los tendrías? Si te dedicaras a lo mismo que nosotras, ¿no querrías esconder tu identidad, intentar separar todo lo posible tu persona de lo que haces? —Se sentó en el banco después de limpiarlo con una mano enguantada, como una señorita—. ¿No adoptarías un alias y mantendrías tu verdadero nombre en secreto, igual que los gitanos? Tú... tú escondes tu verdadero yo, así que deberías entenderlo.

Kit no lo había considerado desde esa perspectiva, pero tenía todo el sentido del mundo.

—Sí, ya lo entiendo. Siento haber sido grosera. ¿Qué tiene que contarme, señorita Kelly? ¿Sobre las mujeres a las que han destripado?

—No las han matado porque sean prostitutas, Kit Caswell, eso no es más que una ventaja que las vuelve más fáciles de encontrar, de cazar.

—¿Por qué, entonces? ¿Qué pueden tener que les quiera arrebatar un asesino?

—Sabes lo que le quitó a Annie, y yo también... Oh, el agente Wright es un encanto cuando lo pones a tono —dijo con una sonrisita de suficiencia—. Se llevó su mismo centro, ¿no? De Polly cogió la laringe.

No lo sabía nadie más, pensó Kit.

—Pero ¿qué hace con las partes del cuerpo? ¿Dices que las hace desaparecer? Pero lo que se lleva no le sirve para traficar con los Resucitadores y los de su calaña.

—¡Jesús bendito, pensé que eras más lista que los que tienen un peso entre las piernas, tirándoles del cerebro para abajo! —Kelly sacudió la cabeza—. No, coge las cosas que necesita, pequeñas piezas a las que se puede aferrar el alma. Ya ha cogido dos, quiere cinco, como las puntas de un pentagrama.

—¿Qué? —Kit parpadeó.

—No puede llevarse los cuerpos, desde luego no en el estado en que los deja, y tampoco los necesita enteros para sus propósitos. Solo le hace falta algo pequeño, un souvenir, un ancla de carne que el alma pueda reconocer y aferrarse a ella hasta que llegue a donde sea que las lleva. —Agarró las manos frías de Kit con las suyas, y ella notó el calor que emanaba a través de los guantes desgastados—. Él las coge porque son brujas. Las coge por su poder.

37

Kit no sabía qué preguntar primero, así que saltó a lo más lo obvio.

—Cuando dices «él»... ¿sabes quién es? ¡Por el amor de Dios, no me digas que lo sabes y no lo has denunciado!

—No seas tonta, Kit Caswell, si supiera quién es, habría ido a la calle Leman tan rápido que no habrías visto ni el polvo que dejase a mi paso. —Negó con la cabeza—. No sé quién es. Solo sé que, cuando Polly y Annie murieron, sentí cómo se iban, y no lo habría sentido si no les hubieran arrancado la vida y el poder con tanta fiereza... con una violencia tan terrible y por medio de hechicería. El poder viaja por el aire, Kit Caswell, de formas que no puedes entender, no puedes sentir... la mayoría no pueden sentirlo. Pero los que lo poseemos percibimos cuándo se mueve y cuándo tiembla, sentimos su paso.

—Si sois tan poderosas, ¿por qué os ganáis la vida haciendo la calle? —preguntó Kit, enarcando las cejas—. Si sois brujas, ¿por qué no conseguís una fortuna y una buena posición por arte de magia, o por lo menos una casita ordenada, una vida cómoda y un buen marido?

—¿He dicho algo de que seamos poderosas? —contestó Mary Jane, despectiva—. ¿He dicho que podamos conjurar tormentas, volar, hacer aparecer casas enormes hechas de aire y saliva? Poseer magia no implica que seamos todopoderosas. Hay mujeres en Mayfair, en la plaza Rusell, en el maldito palacio de Buckingham, de mi misma naturaleza; pueden convocar el viento y el rayo, pero son poderosas porque han nacido así, han nacido en una buena posición. El poder que tenemos no es del mismo grado, y no podemos conjurar una vida decente solo con paja, harapos y mierda. A veces sabemos cosas, otras podemos encontrar cosas perdidas o preparar una infusión que baja la fiebre, y quizás salvemos una vida con ello. Pero no podemos convertirnos a nosotras mismas en ricas o hermosas, no podemos concedernos omnipotencia con nuestra magia. ¿De verdad crees que escogeríamos esta vida si tuviéramos elección?

Kit no estaba segura, pero no lo dijo. Lo que sí dijo fue:

—No creo en las brujas. Eso no puedo contárselo a mi inspector.

—¿Entonces cómo supe lo que eras la primera vez que te vi? —objetó Kelly.

—Una intuición certera —repuso Kit, e hizo amago de levantarse.

La mujer volvió a agarrarle las manos y la sujetó con fuerza.

—Tu padre está muerto, pero era un buen hombre. Tienes un hermano... está enfermo, pero no puedo ver el motivo. Tu madre cree que... haces... ¡sombreros! ¡Qué monada! —exclamó, con una carcajada desagradable. Pero no soltó a Kit, aunque esta intentó liberarse.

—Podrías haber preguntado por ahí. Podrías haberme seguido. Podrías... —bufó Kit.

—Cuando sueñas, a veces imaginas a tu madre muerta, con una almohada sobre la cara, y tú liberada de todas tus cargas —añadió Mary Jane Kelly con voz monótona, y Kit se dejó caer sobre el banco de nuevo.

Kelly esperó a que Kit recuperara el aliento, hasta que la joven suprimió los sollozos que la sacudían y fue capaz de sentarse erguida y levantar la cabeza para mirar de frente, hacia la oscuridad del cementerio.

—¿Nos ayudarás? —Era una pregunta, no una súplica—. ¿Lo harás? No sé quién es, pero sé que nos elige por un motivo, y que elige prostitutas porque somos fáciles de encontrar y no le importamos a nadie.

—A mí sí —dijo Kit, con la mirada fija en las sombras, con la sensación de que se abrían para recibirla.

—No tienes que creer, pero ¿nos ayudarás?

—Os ayudaré —contestó Kit, y sus palabras también parecieron significar «Os creo».

V

—Caswell, aquí estás. —Makepeace acorraló a Kit en el mismo instante en que puso los pies en la comisaría—. Tienes una pinta decente y eres observador. Ven conmigo.

Kit no hizo preguntas, se limitó a trotar para poder seguir el ritmo a las largas zancadas del inspector, que atravesó disparado las puertas y salió al brillante e inaudito sol de septiembre. Makepeace detuvo un cabriolé, le gritó una dirección al conductor y se subió de un salto, haciéndole gestos desenfrenados a Kit para que se diera prisa. Antes de que esta lograra sentarse, el cabriolé arrancó con una sacudida y Kit perdió el equilibrio y acabó sentada en el regazo de su jefe. Lo que siguió fue una pelea frenética mientras la joven respondía con manotazos a las manos que trataban de socorrerla y luchaba por sentar las posaderas en su propia parte del banco. No pudo evitar sonrojarse, ni que se le secara la garganta ante la idea de que al inspector sus nalgas le hubieran parecido demasiado jugosas, demasiado redondas, o sus caderas demasiado anchas para tratarse del trasero huesudo de un muchacho.

Pero lo único que dijo Makepeace fue:

—¿Cómodo?

Kit asintió, después sacudió la cabeza, asintió de nuevo y al final se conformó con mirar por la ventanilla y observar a la gente pasar, el tráfico y los edificios. No volvió la vista dentro hasta que sintió que se le enfriaba el ardor en las mejillas. Se aclaró la garganta.

—¿A dónde vamos, señor? Si se me permite preguntar.

—Vamos a Mayfair, joven Caswell.

—Es un barrio bastante elegante, señor —dijo Kit, antes de pensar que a lo mejor para Makepeace no era elegante. ¿Su mujer no era rica? ¿No decían las malas lenguas que el inspector era un arribista?—. Al menos para mí —añadió sin convicción.

—En la investigación ha surgido un nombre, el de un joven abogado, Montague John Druitt. El doctor Bagster Phillips, al escucharlo, sugirió que podíamos hablar con alguien que lo conoce bastante bien, antes de intentar arrastrar a un abogado a nuestras encantadoras instalaciones.

—¿Y de quién se trata, señor?

Kit suponía que la respuesta haría referencia a los padres de Druitt o a otros familiares, una esposa o alguna relación amorosa.

—Sir William Gull.

—¿El antiguo médico de cabecera de la reina?

Las cejas de Makepeace dibujaron un arco ascendente, hasta casi llegarle al borde del sombrero y la raíz del pelo.

—Estás informado de todo, muchacho.

—Mi hermano está enfermo, señor —respondió Kit, honesta; hacía tiempo que había descubierto que la mejor forma de mentir era mantenerse lo más cerca posible de la verdad—. He dedicado bastante tiempo a investigar médicos, en busca de alguien que pueda descubrir lo que le pasa.

Se produjo un silencio largo, que el inspector rompió con un «Ah».

Kit volvió a mirar por la ventanilla y notó que habían dejado Whitechapel atrás de verdad: los hombres de las aceras iban mejor vestidos, llevaban bastones en vez de sacos; los vestidos de las mujeres costaban más de lo que ella ganaría en seis meses, y las damas nunca tendrían que preocuparse de que las atacaran por la calle. Pensó en las palabras de Mary Kelly y se preguntó cuántas de aquellas mujeres pertenecerían a la clase que buscaba el asesino... una clase que no tocaría, porque hacerlo acarrearía más atención de la que este deseaba, más de la que podría manejar.

—Señor, ¿usted cree en la brujería? —dijo sin pensar.

—Creo que es ilegal. ¿Por qué, Kit? ¿Te has cruzado con alguna gitana que te ha ofrecido decirte la buenaventura o convocar un espíritu? —Makepeace se rio entre dientes.

—No, señor, solo... sentía curiosidad.

Un nuevo silencio, y después:

—Tu hermano, ¿qué le pasa?

—Si lo supiera, haría que lo trataran aunque me costara el sueldo de un año entero, señor. —Kit se frotó la mandíbula; Makepeace la miró pensativo y la joven se preguntó si se habría percatado de su falta de vello facial. No importaba; había otros agentes jóvenes en el mismo barco, las barbas se tomaban todo el tiempo del mundo en crecer—. No puede caminar, señor, lleva paralizado desde que nuestro padre murió.

—¿Crees que es algo de la cabeza?

Kit se encogió de hombros.

—No lo sé. Podría ser, pero estoy seguro de que a Lucius le encantaría volver a caminar. El doctor Gull estudió la parálisis en concreto.

—¿Le llevaste a tu hermano?

43

Kit miró de reojo a su jefe.

—El doctor lleva varios años sin practicar, señor, desde la primera apoplejía. Creo que hace poco ha tenido otra más.

—No mencionó la cantidad de cartas (sin respuesta) que había escrito al famoso médico para rogarle un instante de su tiempo—. ¿Por qué vamos a hablar con él de Druitt, señor?

—El padre de Druitt era un conocido cirujano y también amigo de Gull, que es además el padrino de Druitt. Montague John da clases para ir tirando y durante una temporada fue tutor de uno de los nietos de Gull. Al parecer tuvieron una pelea, Gull el viejo y Druitt el joven, hará unos doce meses.

—Y tiene la esperanza de que el doctor Gull nos hable con más sinceridad gracias a su supuesta nueva antipatía hacia Druitt.

—Muy perspicaz, Caswell.

El resto del viaje transcurrió sin más conversación. El balanceo del cabriolé arrulló a Kit hasta que casi se quedó dormida, y dio un salto poco digno ante el grito de Makepeace de «Ya llegamos».

La casa era grande, tenía una puerta negra y brillante, con un picaporte de latón aún más brillante, columnas grandiosas y, como todas las mansiones de la manzana, daba a un parque privado bien cuidado. Los cristales de las ventanas relucían en sus marcos blancos y parecían magnificar los estampados de las cortinas suntuosas que colgaban en el interior.

Para sorpresa de Kit, la puerta no la abrió una doncella, sino un hombre alto, delgado y de piel cetrina. No llevaba el atuendo de un mayordomo ni la librea de un lacayo; en su lugar vestía un traje color carbón con chaleco a juego y una camisa blanco nevado. Del bolsillo delantero colgaba una cadena de plata, que señalaba la presencia de un reloj. Tenía el rostro alargado, ojos grises y una expresión recelosa con un toque de arrogancia. Parecía reacio a dejarlos pasar, pero la mejor sonrisa de Makepeace y la dignidad sombría del uniforme de Kit parecieron inclinar la balanza a su favor. A pesar de todo, Kit entró pisándole los talones al inspector, en caso de que la puerta se cerrara tras él sin dilación.

Se encontraron en un vestíbulo impresionante, del que salían cuatro puertas (tres cerradas, una entreabierta) y un pasillo largo que conducía a una escalera tallada con pericia y a la parte trasera de la casa. Las paredes estaban cubiertas por papel de seda en un tono miel dorado, y cualquier superficie de madera a la vista era oscura y estaba muy pulida.

—¿En qué puedo ayudarles...?

—Inspector Makepeace. ¿Y usted es? —Makepeace propulsó su mano hacia el hombre, que no tuvo más remedio que estrechársela para evitar el golpe del filo de los dedos del inspector.

—Andrew Douglas, secretario personal de sir William —respondió. La voz le vibraba un poco a causa de la fuerza del apretón del policía. Cuando por fin fue liberado, Kit notó que Douglas flexionaba los dedos para aliviar el malestar de un apretón tan firme. Se apuntó la técnica para el futuro, aunque no estaba segura de si tendría fuerza para hacerlo de forma tan efectiva como su jefe—. ¿En qué puedo ayudarle, inspector?

—Estamos los dos aquí, el joven Caswell y yo, para ver a sir William. Es un asunto de importancia considerable.

Makepeace recorría a grandes zancadas el elegante vestíbulo, estiraba el cuello para mirar por el pasillo, hacia la parte alta de la escalera, al otro lado de las puertas, y no se molestaba en disimular. Kit observó cómo Douglas intentaba seguirle el ritmo al inspector, pero lo único que logró fue parecer una pareja de baile especialmente torpe.

—Me temo que sir William no recibe visitas, ni esta mañana ni en un futuro próximo. Está enfermo... quizás no estaba usted informado —dijo Douglas, y, al comprender al fin que no podía ganar en esa particular competición de baile, se detuvo con porte educado y clavó una mirada hostil en Makepeace.

El inspector dejó de deambular (aunque Kit sospechaba que no lo hizo porque se sintiera turbado, sino porque había visto todo lo que podía o lo que necesitaba) y dirigió una mirada inocente y sorprendida hacia su interlocutor, que acompañó de una franca sonrisa amistosa.

—No tenía ni idea... Discúlpeme, señor Douglas, no estoy al tanto de los cotilleos. Le prometo solemnemente que ni el joven Kit ni yo cansaremos a sir William, pero es de vital importancia que pueda hablar con él...

—Ya le he dicho que se encuentra indispuesto con carácter indefinido —lo interrumpió Douglas, mientras le subía un rubor rojo oscuro por el cuello.

—Y yo le repito que no me iré hasta que no haya visto al buen doctor.

Makepeace apenas se detuvo ante la interrupción y elevó mucho la voz, no tanto como para gritar, pero sí para que fuera imposible no oírlo. En el silencio cortante que siguió a los ecos apagados de sus palabras se percibió un murmullo, tan débil que casi dolía escucharlo, proveniente de la única puerta abierta. Una voz trémula, pero que no se podía ignorar.

—Déjalos pasar, Douglas, por el amor de Dios, hombre. Será una investigación policial, pero estoy seguro de que no han venido para llevárseme a rastras.

Kit había escuchado a la señora K describir a alguna persona como alguien con «la cara como un culo al que le acaban de dar un cachete», y en aquel momento entendió por primera vez a qué se refería. El rostro de Andrew Douglas estaba contraído y colorado, los labios fruncidos y apretados, la nuez se movía como un esfínter cada vez que intentaba tragarse la indignación. El hombre juntó los tacones con un chasquido, estiró el cuello (como los gansos), se alisó un rizo rebelde que le caía en la frente y consiguió emitir un ahogado:

—Por aquí.

En su plenitud, sir William Gull había sido un hombre robusto, no demasiado alto, con pelo abundante y un hoyuelo en la barbilla, que caminaba pomposo por los pasillos y salas del hospital Guy y había trasladado su actitud práctica al palacio real, lo que lo convirtió en un favorito de la reina Victoria, en especial después de salvar al príncipe de Gales de un ataque de fiebre tifoidea. Varios ataques cerebrales lo habían reducido a un saco de huesos. Conservaba la cabeza cubierta de rizos espesos y grises y su hoyuelo en la barbilla, aunque los músculos de su rostro parecían tener dificultades con la gravedad.

Los policías se encontraron con un hombre pequeño sentado en una butaca grande junto a una chimenea de mármol blanco, en una habitación que sin duda había sido su estudio en el pasado. Llevaba una bata guateada roja encima de una camisa blanca; tenía las piernas envueltas en una manta de pieles y los pies firmemente plantados sobre un puf verde oscuro cubierto de rosas escarlatas bordadas. A pesar de su deterioro, sus ojos azules y brillantes retenían toda la fuerza de su intelecto incisivo.

—Sir William, soy… —comenzó Makepeace, pero se vio interrumpido.

—Un policía muy ruidoso. Le he oído, inspector. —Fijó en su desgarbado interlocutor una mirada a medio camino entre el enfado y la diversión y después se dirigió a su empleado—: Gracias, Andrew, yo me ocuparé de nuestros invitados.

Puedes continuar con tus deberes.

—Sí, sir William. ¿Debo pedir que traigan el té?

Kit observó que la pregunta casi lo hizo atragantarse.

—Creo que no, no se quedarán demasiado tiempo con nosotros —respondió el anciano con intención, y añadió suavemente—: Hasta luego, Andrew.

Cuando se cerró la puerta, Makepeace abrió la boca, pero sir William levantó una mano temblorosa y agitó la cabeza, a la espera, escuchando. Un minuto después, oyeron unos pasos que se alejaban, la mano cayó y el anciano sonrió cansado.

—Andrew es un buen secretario y lleva conmigo mucho tiempo, pero a veces se vuelve demasiado protector y sobrepasa los límites de su autoridad, inspector. Confío en que lo tendrá en cuenta la próxima vez que se sienta tentado a visitarme.

Makepeace, en apariencia escarmentado, pero no demasiado avergonzado de sí mismo, asintió.

—A veces escucha detrás de la puerta, como he descubierto para mi disgusto —continuó sir William en voz baja—. Bien, ¿en qué puedo ayudarle, inspector?

—No le robaremos mucho tiempo, sir William, pero necesito hacerle algunas preguntas sobre su ahijado, Montague Druitt.

En cuanto Makepeace pronunció la palabra «ahijado», Kit vio que la expresión del anciano pasaba de una tolerancia benigna a la repulsión, aunque lo enmascaró con celeridad. Le impresionó la capacidad de respuesta de sus músculos faciales pese a su aspecto exangüe. Por un momento creyó que iba a rechazar responder.

—Lo único que puedo decirles es que es un joven que carece de principios morales —respondió el médico, manteniendo el mismo tono con esfuerzo.

—¿Podría extenderse al respecto?

El anciano frunció los labios y desvió la mirada. Makepeace bajó la voz y le confirió una cualidad tranquilizadora.

—Estará informado, sir William, de que ha habido varios asesinatos en Whitechapel, todos ellos violentos y salvajes, y al menos dos mujeres han sido víctimas del mismo asesino. El nombre de su ahijado se ha... mencionado.

—Entonces no ha sido más que una mención vacía, inspector. Druitt no tiene ningún interés en las mujeres.

El anciano frunció y apretó los labios hasta casi hacerlos desaparecer.

—Comprendo —dijo Makepeace despacio—. Fue tutor de su nieto...

—¡No hablaré más del tema, inspector! Baste que le diga que, con independencia de lo que piense de las acciones y... gustos personales de Druitt, no puedo, en conciencia, decirle que haya sido capaz de cometer los actos que sugiere. No tiene el menor interés en el género femenino, inspector, ni siquiera para que le desagraden. Créame cuando le digo que Druitt no es su hombre.

Sir William temblaba con la fuerza de todo lo que reprimía, y Kit temió que le fuera a dar otro ataque. En la esquina de un amplio escritorio había un decantador de vino de Madeira y dos vasos tallados, y le sirvió un trago.

—Gracias, joven —acertó a articular sir William, y se lo bebió de golpe. Cuando terminó, suspiró y le devolvió a Kit el frágil vaso con la sonrisa más dulce que había visto nunca—. Bien, inspector, ¿alguna cosa más?

Makepeace sacudió la cabeza y se acercó a darle la mano al anciano. Hubo un instante de duda, pero sir William aceptó el gesto con cierta reticencia, y la imagen que Kit tenía de él mejoró considerablemente. Aunque estuviera debilitado, no estaba roto ni se le podía amedrentar. Y, sin importar cuánto le desagradara su ahijado, no estaba dispuesto a mentir por una venganza mezquina.

—Encontraremos la salida por nosotros mismos, sir William. Gracias por su tiempo.

Abandonaron el estudio y salieron por la puerta principal antes de que ningún sirviente tuviera oportunidad de aparecer. Makepeace se detuvo en el escalón más alto y respiró hondo, pasándose los pulgares bajo los tirantes mientras observaba el parque vacío que tenían ante sí.

—Bueno, Kit, no sé tú, pero yo no puedo pensar con el estómago vacío. Seguro que podemos encontrar algún sitio por aquí que nos ofrezca sustento.

Echó a andar, seguido por Kit, hacia el punto en el que la plaza se encontraba con una calle bulliciosa. A ella se le erizó el vello de la nuca cuando miró por encima del hombro hacia la casa elegante que acababan de abandonar. Le pareció ver una cortina que se sacudía en una de las plantas superiores, pero no vio nada más, y echó a correr para alcanzar al inspector.

VI

—¿Cuánto hace ya, Kit? —preguntó Lucius, aunque ambos lo sabían perfectamente.

—Veintidós días, hora arriba, hora abajo —contestó Kit, mientras se colocaba el sombrero y se ataba el lazo rojo bajo la barbilla.

Se había agenciado algunas prendas de ropa viejas del fondo del baúl de su madre, cosas que llevaban años sin ver la luz del día. La chaqueta de cuello alto era de un profundo color amatista, tenía botones de nácar y ribetes de lazo rojo; el dobladillo de la falda del mismo tono púrpura estaba adornado con volantes intrincados, entre los que se intercalaban escarapelas de seda carmesí. Las mangas eran de tres cuartos y terminaban en una cascada de volantes. Había tenido que rellenar la zona del pecho; Louisa estaba más dotada que ella. Sobre el marco de la cama de Lucius colgaba una capa de noche aterciopelada color ciruela, con plumas de pavo real bordadas con pedrería de azabache.

—¿A lo mejor se ha ido? ¿Ha acabado? —sugirió el chico, esperanzado, pero Kit sacudió la cabeza.

—No, Mary Jane cree que no. Está esperando a que todo se tranquilice, a que dejemos de prestar atención. —Kit se puso en pie, alisando la tela. Se acordó, incómoda, de Annie Chapman, que también se había puesto varias enaguas para combatir el frío—. ¿Qué pinta tengo?

Lucius se encogió de hombros. La reticencia de su hermano a herir sus sentimientos le indicó que había conseguido lo que buscaba. Al rescatar su atuendo, también había encontrado el maquillaje de su madre; se había resaltado las mejillas con pinceladas de colorete, se había puesto una barra de labios rojo chillón y después, perfilado los ojos con kohl. Al ver su reflejo en el espejito del baúl de Lucius, pensó que parecía un payaso, pero había logrado recrear la apariencia de la mayoría de las prostitutas de Whitechapel. El maquillaje no tenía que ser sutil, era un faro, una luz roja, una forma de decir «esto es lo que soy, ven a por mí».

—¿Será peligroso, Kit?

A Lucius le temblaba la voz y, a pesar de todas las veces que había escuchado con emoción las historias de los crímenes que ella había presenciado o cuyos resultados había visto, esa era la primera ocasión en la que estaba asustado. Sabía que esa vez su hermana estaba en peligro de verdad.

—No, cariño, tengo mi porra —mintió Kit, negando con la cabeza, y le dio unos golpecitos, oculta en la manga—, y los otros agentes nos estarán vigilando. Lo único que tengo que hacer es darme paseos. No temas, no soy un inocente corderito.

—¿Y si te ve madre?

—Madre se ha tomado la medicina, Lucius, dormirá hasta por la mañana, y la señora K está en la reunión del coro de la iglesia… ¿o tocaba sesión espiritista esta noche? —Kit empezaba a arrepentirse de su decisión de cambiarse en casa, pero llevar más ropa y accesorios al almacén le había parecido demasiado trabajoso de primeras. También empezaba a arrepentirse de compartir sus aventuras con su hermano; había sido una actividad diseñada para distraerlo de sus cuatro paredes, no para darle preocupaciones. Se agachó al lado de la cama y posó una mano en su hombro delgado—. Mírame, cariño: estaré tan segura como en casa. Estoy alerta y me estarán observando. No temas. ¿Te he mentido alguna vez? —Él negó con la cabeza—. Siempre volveré contigo, Lucius, de eso puedes estar seguro. Además, cualquiera que intentase pillarme se iba a llevar una buena sorpresa.

Sonrió, y él le devolvió la sonrisa a regañadientes y soltó una risita. Abrazó a su hermano, y él la rodeó con sus brazos como culebras; la fuerza de su abrazo contradecía la fragilidad de su cuerpo agotado.

—Ten cuidado, Kit.

—Siempre lo tengo. Ahora apaga la luz, y nada de leer, que ya es muy tarde. —Abrió la puerta—. Te veo por la mañana.

—¿Lo prometes?

—Lo prometo.

Kit recorrió las calles a paso ligero, quedándose en el centro para que, si venía algún atacante, tuviera que salir a campo abierto. Lanzaba miradas a la oscuridad de la noche, intentando identificar algún movimiento o silueta. Resultaba interesante, pensó, que al estar vestida de mujer se sintiera más vulnerable. Con su uniforme de policía, el casco, la porra colgando y todos los botones plateados a la vista, se sentía invencible; echaba de menos la linterna, su herramienta para arrojar luz en lugares oscuros.

En el bolso de terciopelo gastado llevaba las esposas, el silbato y el puño de latón, la libreta y un lápiz. El objeto de madera que tenía oculto en la manga implicaba que no podía doblar el brazo, tenía que dejarlo recto. Los tacones de sus zapatos parecían gritar «Ya estoy aquí», como los balidos de un corderito extraviado.

Kit temblaba de algo más que de frío y sintió un alivio considerable al entrar en la comisaria, a pesar del recibimiento de silbidos y codazos, en su mayoría bienintencionados. Cuatro de los otros jóvenes agentes a los que todavía no les había salido la barba, cuya piel todavía parecía suave (de hecho, más suave que la de la mayoría de las prostitutas de Whitechapel), estaban vestidos de mujer, con diversos grados de buen gusto. A Kit le pareció interesante descubrir que el agente Watkins parecía mucho más femenino que ella misma; también se le veía pálido, exhausto y preocupado. Airedale, de pie en el corro de policías elegidos como protectores de los cebos durante aquella noche, se burló de cada uno de los muchachos y reservó la mayor parte de su repulsión para Kit.

—Es más que suficiente, agente —dijo Makepeace al bajar las escaleras, con Abberline detrás—. Estos jóvenes están sufriendo por su profesión y para proteger Whitechapel. No hay necesidad de denigrarlos, especialmente dado que se han esforzado tanto... Un vestido precioso, Watkins.

El retumbar de las carcajadas atravesó todo el grupo. Abberline, tras intercambiar una mirada y un asentimiento con Makepeace, dio un paso adelante en el círculo que se había formado alrededor de los agentes travestidos. Se aclaró la garganta y se llevó las manos a la espalda. Las lunas de cristal de sus gafas reflejaban la luz y le ocultaban los ojos.

—Todos saben lo que tienen que hacer, a dónde tienen que ir, a quién tienen que observar. No tomen ningún riesgo innecesario, ninguno de ustedes. Este hombre (este monstruo) no se ha ido. No se ha olvidado. Está esperando a que dejemos de prestar atención, caballeros. No le den ninguna oportunidad de retomar sus actividades.

Kit se sintió reconfortada al escuchar sus propios pensamientos en boca de su superior, pero la hizo estremecerse. Makepeace lo vio y le dirigió un asentimiento que ella interpretó como «arriba ese ánimo, Caswell», y se lo devolvió. Kit percibió un movimiento; Airedale había visto el intercambio e hizo una mueca, al parecer asqueado. Ella reprimió un suspiro: justo lo que necesitaba, que la considerasen el favorito del inspector. Pero Makepeace no lo notó. Dio una palmada y gritó «¡Fuera!», y la multitud se dispersó.

Thomas Wright se colocó en posición, a su lado, cuando atravesaron las puertas dobles.

—Valor, muchacho —murmuró, y le dio un apretón en el hombro.

Kit echó a andar por delante, hacia su punto de salida en la calle Commercial. Wright buscaría un puesto en un callejón o en un portal oscuro y la vigilaría. Kit no envidiaba a Watkins, emparejado con Airedale; el joven iba con la cabeza gacha y ella veía cómo se movían los labios del grandullón, escupiendo veneno. Apartó la mirada, se sacó de la cabeza cualquier pensamiento sobre Airedale y se adentró decidida en la noche.

No llevaba más que unos pocos minutos en su primera esquina cuando Mary Jane Kelly surgió de un remolino de bruma.

—Eres demasiado guapa, demasiado lozana y no pareces ni de lejos lo bastante asustada como para ser carne fresca.

—Pues sí que me siento lo bastante asustada, créeme —murmuró Kit.

Kelly soltó una carcajada.

—Solo un imbécil se acercaría a ti, ¡tan limpia y tan peripuesta! —Se apoyó contra el muro de ladrillo con despreocupación, escaneó la zona con la mirada y continuó—: Los hombres que quieren carne fresca y joven no vienen a la calle. Van a los burdeles, donde todo eso se puede organizar con madames dignas de confianza. Los que quieren ese tipo de cosas tienen claro que tienen que pagarlas, y pagarlas bien. Un hombre sabe que para cuando una chica trabaja en la calle es porque no puede encontrar un puesto en un burdel cómodo y agradable, y que lo más seguro es que no vaya a cobrar una cantidad exorbitada.

—Todo esto es fascinante, señorita Kelly, pero lo cierto es que no está ayudando. Lo más probable es que esté ahuyentando a los clientes —dijo Kit, aunque se alegraba de tener compañía, ni que fuera por un momento.

Con otra carcajada, la mujer se esfumó, y Kit cogió ritmo para recorrer las calles y callejuelas, las plazas escondidas y los pasadizos secretos que solo conocían los locales. Cuando por fin pasó la medianoche, la habían abordado exactamente cero personas, tal como Mary Kelly había predicho. Se preguntó si los otros agentes habrían tenido más suerte.

En la esquina con Rope Walk, se agachó para frotarse los tobillos doloridos por encima de las botas de piel. Examinó la oscuridad en busca del escondite de Wright, pero no lo encontró. El aire, justo más allá, se movió de repente y apareció una figura fantasmal entre la niebla. Kit se enderezó, forcejeó con la porra escondida en la manga y deseó haberse colgado el silbato del cuello. Se le paró el corazón, que empezó a latir de nuevo cuando la silueta adquirió la forma de un niño chino bastante menudo que solía vigilar el almacén de Limehouse.

Kit exhaló y se inclinó para captar el susurro del muchacho. El mensaje la hizo sentir enferma, pero no dudó. Le dedicó un asentimiento y echó a correr, el repiqueteo de sus tacones ya no era el balido de un corderito, sino un himno de batalla. Cruzó las calles como una ola; los gritos de Wright se escuchaban cada vez más lejanos tras ella.

Para cuando encontró la dirección (Duffield's Yard con la calle Berner), era casi la una de la mañana, y un hombre que conducía un carro tirado por un pony estaba casi en la abertura de la cerca que servía como punto de acceso. El caballo se alejaba y se negaba a ir más allá, aunque el hombre le gritaba amenazas de lo más variopintas. Kit se quedó de pie tras la bestia, posó la mano en su lomo y sintió los escalofríos que recorrían al animal. La luz de la farola del exterior no llegaba a las esquinas del patio, pero el pony sabía que algo no estaba bien.

—Sujete la linterna en alto —le gritó Kit al conductor.

Entre gruñidos, el hombre descolgó la lámpara de su sitio a su lado y se levantó, sujetándola todo lo alto que pudo. La llama dentro del cristal fulguró y tembló con el movimiento; después se asentó e hizo que las sombras frente a ellos bailaran sobre los muebles viejos, las chapas metálicas y la basura que se acumulaba en aquel lugar. Kit entró en el recinto, buscando en la oscuridad lo mejor que pudo, hasta que vio una forma tirada boca arriba contra el muro del fondo.

—Por el fuego del infierno —susurró el hombre.

Kit se acercó a la figura. Ya cuando se estaba agachando y sacando el silbato del bolso supo que era demasiado tarde. La mujer era rubia, de unos cuarenta y tantos, tenía el rostro endurecido por la vida que había llevado y, en la garganta, una enorme segunda boca abierta bajo una apretada bufanda a cuadros. Estaba tumbada de lado, con las piernas levantadas casi hasta el pecho y, en la mano izquierda, flácida sobre un charco oscuro en el suelo, le faltaba el meñique.

Kit sopló el silbato con fuerza y mucho rato, pero, antes de acabar de soplar, una figura se desgajó de la esquina más oscura y echó a correr hacia la entrada. No pudo evitar cruzarse con Kit y la empujó con fuerza cuando ella intentaba ponerse en pie. Consiguió no caer sobre el cadáver, pero se arañó la cara contra los ladrillos del muro antes de levantarse de un salto y correr en persecución del atacante.

Vio un destello de algo plateado —un cuchillo— que pasó a lo largo del costado del caballo. Kit escuchó el chillido del animal cuando piafó; no fue capaz de frenar lo bastante rápido, aunque había conseguido empezar a echarse hacia atrás, así que el golpe que el animal le propinó en el hombro fue de refilón. Aun así, el dolor le hizo ver las estrellas, y fue dando tumbos a sentarse junto a la fallecida.

Llorando, encontró el silbato plateado que se le había caído y lo sopló una y otra vez. Seguía soplando cuando Wright por fin la alcanzó, alertado por el estruendo. Se lo quitó de la boca y le limpió las lágrimas con delicadeza antes de que nadie más viera a Kit Caswell, una de las jóvenes promesas de la calle Leman, llorando como una niña.

Duffield's Yard no tardó mucho en llenarse de policías, y en la calle de al lado se agolpaban los mirones. El médico local, Blackwell, al que habían llamado a la escena del crimen, fue apartado con celeridad cuando se divisó al doctor Bagster Phillips, al que por una vez habían encontrado en la cama con su mujer.

Kit hizo su declaración ante Wright, avergonzada de admitir que no le había visto el rostro al asesino, que llevaba envuelto en una apretada bufanda oscura, además de un sombrero hongo clavado hasta las cejas. Lo único que había atisbado, aunque fuera por un instante, fue la pálida línea de piel alrededor de los ojos, y ni siquiera recordaba el color de estos.

Solo acertaba a pensar en agujeros negros, pero no estaba segura de que fuera cierto.

El doctor Blackwell, que no estaba conforme del todo con ser desplazado como si se tratara de un simple mirón, insistió en limpiarle la sangre y la suciedad de los rasguños de la mejilla y en examinarle el hombro. Aterrorizada de que sus manos pudieran perderse más abajo de lo que deberían, pasó unos pocos minutos muy tensos mintiendo sobre la cantidad de dolor que sufría, antes de que apareciera Makepeace y la mandara a casa con órdenes de no volver al trabajo en un día completo.

VII

—¡Y yo le digo que soy amiga suya y que sí querrá verme!

Los gritos eran lo bastante altos como para colarse en los sueños de Kit, instigados por el láudano. Al llegar a casa, se había tomado una dosis de la bebida favorita de Louisa y había abandonado la consciencia con satisfacción. Cuando su madre había entrado en la habitación para despertarla a la mañana siguiente, se había puesto a chillar sobre el estado de su rostro y las gotas de sangre en la almohada. Kit, que solo quería seguir descansando, balbuceó algo sobre problemas de mujeres y un mareo que la había hecho desmayarse y caerse. Al final Louisa la dejó tranquila.

Su habitación no tenía ventana y, cuando se sentó en la cama medio dormida, se dio cuenta de que no tenía ni idea de la hora que era o de si había dormido un día entero y ya era el día siguiente. Fue la voz de Louisa, tan estridente como la otra, la que la sacó de la cama y la arrastró al pasillo. La puerta principal estaba abierta, aunque solo una rendija, y era evidente que su madre y la señora K estaban esforzándose en cerrarla. Por la rendija, Kit divisó una capota marchita que en su día había sido elegante y rizos oscuros que botaban con la fuerza de la indignación de su dueña. El tono y el acento cantarín le resultaron familiares y le descubrieron quién era su visitante.

—No pasa nada. Es una amiga.

Kit alargó el brazo y tocó el hombro de su madre. Louisa se giró hacia ella, con los ojos desorbitados en un rostro pálido y una expresión que anunciaba que sus peores temores se habían hecho realidad; como si supiera a qué se dedicaba su visita realmente.

—¿Cómo puede...? ¿Esta...?

—Mary Jane trabaja conmigo para la señora Hazleton.

—Nunca me has hablado de ella —siseó Louisa.

Kit clavó una dura mirada en su madre.

—¿Cuándo me has preguntado algo sobre mi trabajo, madre, excepto si me habían pagado?

Louisa se tragó la respuesta, con las alas cortadas.

—Hablaremos en la salita —dijo Kit, sacando provecho de su ventaja—. Señora K, ¿podría acompañar a madre a la cocina y prepararle un té, por favor?

La señora Kittredge apretó los labios en señal de desaprobación, pero asintió. Las dos mujeres mayores se retiraron a regañadientes por el pasillo, hacia la parte trasera de la casa. Mary Jane Kelly, con un vestido azul pavo real y una chaqueta negra, estaba en el umbral de la puerta, con toda la dignidad de un gallo con las plumas ahuecadas. Kit casi esperaba ver aparecer las plumas de la cola bajo el polisón a la escasa luz de última hora de la tarde. Se preguntó si la mujer habría hecho un esfuerzo especial para parecer «respetable», pero ya no era capaz de pillarle el truco.

—Pasa, Mary Jane, por favor. Lo siento.

Se sentaron en la salita, Mary Jane con su ropa elegante y decrépita y Kit con su camisón largo blanco, cuyo cuello alto y mangas ocultaban el cardenal rojo amoratado de su hombro. El dolor estaba empezando a atravesar la reconfortante insensibilidad del láudano. Había dormido como una muerta y, aunque había sido un alivio escapar de lo que había visto la noche anterior (lo que no había podido evitar), estaba decidida a no recurrir a ese bálsamo de nuevo.

Ahora que estaban solas, Mary Jane parecía dudar de cómo comenzar la conversación que había buscado con tanta desesperación. Se aclaró la garganta y empezó:

—Ahora te pareces más a una de nosotras, con esa cara. Y tienes esa mirada en los ojos... Una mujer nunca vuelve a parecer la misma después de que la hayan pegado, da igual que solo ocurra una vez.

—¿La conocías? ¿A Elizabeth Stride? —preguntó Kit, que había escuchado el nombre antes de que la mandaran a casa.

—Liz la Larga. Sueca. No era mala gente —contestó Kelly mientras miraba a su alrededor, a todas las ambrotipias que poblaban la pequeña salita (todos los Caswell, en una época más feliz), colocadas sobre los muebles de caoba que atestaban la habitación, al reloj sobre la repisa de la chimenea con su tictac ensordecedor, a los tapetes de *petit point* de las butacas, a las cortinas de damasco y encaje que cubrían la ventana principal, con su asiento para mirar a la calle. Tal vez fuera la habitación más agradable en la que Kelly hubiera estado nunca... o, al menos, en sus últimos tiempos de pensiones y demás—. También conocía a Cathy Eddowes, la que se hacía llamar Kate Kelly.

Kit frunció el ceño.

—Pero solo había un cuerpo en el patio... Si hubiera habido otro, lo habría visto.

—A Cathy la cogió en la plaza Mitre, más o menos una hora después de que lo ahuyentaras de donde Lizzie. Watkins, el jovencito, la encontró... También había encontrado a la pobre Annie, ¿no? Estará destrozado.

Kelly se acomodó en el sillón, acurrucándose en sus pliegues y cojines llenos de bultos como si fuera un trono y ella, una aristócrata desplazada.

Kit escondió el rostro en las manos y se echó a llorar. Había llegado tarde para salvar a Elizabeth Stride y, al no conseguir capturar a aquel cabrón, le había dado la oportunidad de destripar a Cathy Eddowes. Mary Jane no la consoló —había derramado todas sus lágrimas mucho tiempo atrás—, se limitó a esperar a que Kit se recompusiese.

—Me cuentan que ha escrito a los periódicos, que se ha puesto un nombre. Jack. Jack el Destripador, Jack el Descarado. Los periódicos publicaron la carta.

—Si es que es suya. —Kit resopló y se secó los ojos con la manga—. ¿Por qué iba a escribir y llamar la atención? Dijiste que no lo hacía por eso.

Kelly se encogió de hombros.

—A lo mejor no es él, no es el nuestro. Igual es algún chalado con sus jueguecitos.

—O un periodista que intenta vender más periódicos.

—Vaya, qué cerebro tan desconfiado tienes, señorita. —Kelly se sacó una mota de suciedad de debajo de las uñas—. ¿Has sabido algo más de tu inspector?

Kit negó con la cabeza.

—No tuvimos mucho tiempo para hablar anoche. —Respiró hondo—. Preguntamos a sir William Gull sobre su ahijado después del asesinato de Annie, pero desde entonces el ahijado ha aparecido en el Támesis con los bolsillos llenos de piedras.

—Ah, sir William, un viejo encantador —suspiró Kelly.

Kit ladeó la cabeza.

—¿Lo conoces?

—Ah, sí, era uno de los habituales de Whitechapel antes de enfermar. Viene de vez en cuando, aunque no puede hacer nada más que hablar. Aun así, es un encanto y un gran defensor nuestro, de las mujeres de moral distraída —explicó Mary Jane con un resoplido.

Kit se quedó callada un momento.

—Entonces, Liz y Cathy eran las dos...

—¿Brujas? Sí. —Kelly suspiró—. Todas las mujeres ocupan un lugar en la balanza de las brujas, Kit Caswell, pero algunas apenas llegan al peso mínimo. Como tú.

Kit asintió.

—Yo no tengo nada. Ni clarividencia ni sexto sentido. A la señora K le gustan las sesiones espiritistas, pero sospecho que en realidad va por las galletas y el oporto de después. A veces creo que mi madre podría ver cosas, aunque seguramente sea por el láudano.

—Es una persona particular, tu madre —dijo Mary Jane a la ligera, y cambió de tema antes de que Kit pudiera preguntarle a qué se refería—. ¿Qué vas a hacer ahora, agente Caswell? Dijiste que nos ayudarías.

Kit no respondió. Mary Kelly la miraba a la cara, y su propio rostro se oscurecía.

—¿Y bien?

—¿Qué puedo hacer yo? Anoche dejé morir a dos mujeres. ¿De qué le sirvo a nadie? ¿Qué diferencia puedo marcar? No sabemos nada de él, no tenemos pruebas ni un rumbo —contestó Kit, y se encogió de hombros.

Kelly se levantó con la arrogancia de una reina.

—Cuando hayas acabado de regodearte, ven a buscarme. Toda esta autocompasión no va a ayudar a nadie... y él ya ha

65

conseguido más de lo que quiere, más de lo que necesita. Así que no te lo pienses demasiado.

Kit la siguió hasta la puerta y se quedó ahí mientras Mary Jane se internaba en la calle cubierta de noche y se esfumaba al girar una esquina. Esperó, rodeándose con los brazos, como si la otra mujer fuera a regresar, a ceder. Nunca se había sentido tan desesperanzada, tan indefensa, ni siquiera cuando su madre se había hundido; por aquel entonces, había sabido lo que tenía que hacer, no porque fuera obvio, sino por cuestión de supervivencia. Ahora ni siquiera se le ocurría por dónde empezar con las brujas de Whitechapel.

El frío nocturno la atravesó, y pasó un rato hasta que percibió que alguien la observaba. Oteó los alrededores, tanteando con la mirada los escasos huecos entre las casas, las esquinas, los callejones, tratando de perforar la oscuridad, desesperada. No encontró a nadie y se convenció a sí misma de que debía ser Mary Jane Kelly, observándola desde lejos. Pero, incluso cuando entró en la casa y echó el pestillo, la cadena y el cerrojo no le parecieron lo bastante fuertes.

Kit volvió a la salita a calentarse junto al fuego y lo primero que hizo fue correr las cortinas para protegerse de miradas entrometidas. Todavía estaba allí de pie, con las manos estiradas, cuando escuchó un suave traqueteo proveniente de la ranura del correo, como si alguien tratara de ser muy silencioso. Después le llegó el sonido apagado de algo al caer sobre la moqueta.

Salió al pasillo descalza y se encontró un sobre color crema en el suelo. El sobre era de papel grueso y parecía caro. Estaba cerrado con lacre rojo, pero no llevaba ningún sello, ninguna pista de su procedencia. Se preguntó por un momento si Kelly habría regresado para entregarlo; después pensó que ni siquiera estaba segura de que Mary Jane supiera leer y escribir.

Forcejeó con la cerradura y la cadena y abrió de golpe la puerta con la esperanza de descubrir al dueño de la carta, pero la calle ya estaba desierta. Kit esperó unos instantes eternos, mirando arriba y abajo, intentando distinguir si de verdad alguien la observaba o se lo estaba imaginando todo. Lo único que consiguió fue corroborar la certeza de que no poseía el menor atisbo de un sexto sentido.

—¿Katherine?

La voz de Louisa venía de la cocina, aunque su madre no apareció, así que Kit aprovechó la oportunidad para coger la carta y guardársela en la manga del camisón. Cerró la puerta y echó el cerrojo de nuevo; se movía con más rigidez a medida que su lesión se hacía más presente.

—¿Sí, madre?

—Ven a comer algo si te encuentras mejor. Debes estar famélica.

Kit no creía que recuperara el apetito jamás, pero decidió que le convenía hacer creer a su madre que su residencia había recuperado la normalidad.

—Sí, madre —respondió, consciente de la carta que le quemaba la piel; por el momento, debía ocultarla—. Voy a por la bata.

VIII

Watkins tenía todavía peor pinta que ella, pensó Kit. El azul marino del uniforme resaltaba aún más su palidez, y las oscuras ojeras bajo los ojos lo hacían parecer un cadáver que, negándose a aceptar que estaba muerto, insistía en ir de aquí para allá. Se había encontrado con su compañero de camino a la comisaría de Leman y lo había interceptado cuando el joven arrastraba los pies por la calle Commercial bajo aquel remedo de sol mañanero.

—¿Estás bien, Watkins? —le preguntó, y él dio un respingo, como un caballo asustadizo, miró a Kit de cerca como si no supiera quién era y después pareció relajarse, dejando caer los hombros al reconocerla.

—Oh, eres tú —murmuró, aunque en realidad no la miraba a ella, sino más allá.

—¿Encontraste tú a la otra? ¿A Eddowes?

—La había rajado —asintió él—. La había mutilado tanto... —Se echó a llorar—. ¿Por qué no lo atrapaste? Estuviste tan cerca, Caswell, ¿por qué no lo atrapaste para que él no... para que yo no...?

Kit se quedó congelada, horrorizada, poseída por la culpa y la preocupación por su compañero, que lloraba como un niño ante ella en una calle abarrotada mientras la gente los empujaba al pasar. No podía abrazarlo como hacía con Lucius, no podía dejarlo ahí y, desde luego, no podía decirle que se controlase y fuera a trabajar. Odiaba imaginarse lo que diría Airedale si lo veía en ese estado. Se preguntó qué le habría dicho la noche que había hecho de cebo y dónde estaba cuando Watkins encontró a Cathy Eddowes.

—Yo… lo intenté, Ned. Lo intenté —respondió débilmente. Él tragó con un esfuerzo evidente.

—Veo a la otra. La veo desde que la encontré. Y esta mañana la nueva ha aparecido a su lado, justo junto a mi cama. No dicen nada, solo se quedan ahí de pie, mirándome. —Al decirlo, agarró a Kit y la sacudió por los hombros; el dolor casi hizo que se desmayase—. ¿Qué quieren de mí? ¡Tengo que hacerlas desaparecer!

Kit se zafó de él, desesperada por liberarse de aquellos dedos que se le clavaban en el hombro dolorido.

—¡Ned! Ned, tienes que irte a casa. Tienes que descansar.

—No puedo dormir —respondió él—. Desde que encontré a Annie la Morena, no puedo. Y Airedale sigue y sigue, no para nunca, todo el tiempo con lo mismo, que se rompen en pedacitos con tanta facilidad, que es como descuartizar una vaca…

—Ned —dijo Kit, y lo sujetó con suavidad por los brazos para obligarlo a centrarse en ella y mirarla a los ojos—. Ned, tienes que irte a casa. Ya aviso yo al inspector, le diré que estás enfermo.

—¡No puedes decírselo! Pensará que estoy loco y nadie me dejará en paz. Airedale…

—¡El maldito Airedale no se va a enterar! —gritó Kit—. Ned, solo le voy a decir al Mismísimo que estás enfermo, que has comido algo que te ha sentado mal. Nada más. El estómago jodido y nada más, ¿vale, colega? Todos hemos tenido nuestras historias con los pasteles de Stout Aggie.

Kit asintió con la cabeza y pronto Ned la imitó; Stout Aggie era sinónimo de comida suculenta a la par que peligrosa, la mayor parte del cuerpo de policía se había arriesgado a probarla al menos una vez.

—Enfermo —repitió—. Enfermo de la tripa. Eso está bien, ¿no?

—Está bien, Ned. Vete a casa.

Lo observó alejarse, dando tumbos por culpa del cansancio y el miedo. Kit dudó de si debía contarle a Makepeace el estado real en el que se encontraba el joven agente, pero decidió no hacerlo. Lo había prometido, y además Watkins nunca volvería a tener paz si Airedale se enteraba; y, teniendo en cuenta la forma en que se propagaban los rumores y la verdad a través de las sorprendentemente porosas paredes de la estación, se enteraría seguro. Los otros policías eran capaces de atormentar al chico de vez en cuando, pero Airedale... Lo de Airedale era distinto, había algo en él que no estaba bien, algo malvado y rencoroso a lo que le gustaba salir a jugar a la luz. Kit no podía arriesgarse a que Ned Watkins sufriera algo así.

Dentro, saludó al sargento de recepción, que contestó con una inclinación de cabeza. La respuesta alivió la tirantez que había anidado en su pecho desde que había permitido que el Destripador se le escapara, literalmente, entre los dedos. Ni siquiera había conseguido sacarse la porra de la manga, no le había arreado ni un triste golpe al asesino de cuatro mujeres. Sabía que sus colegas estarían decepcionados, pero todavía no sabía cuántas recriminaciones la aguardaban. Estaba tan absorta en predecir el resultado, que a punto estuvo de chocar con Abberline camino de la sala de reuniones.

—Ten cuidado, muchacho.

—Perdón, señor.

Abberline ignoró su disculpa, y el estómago le dio un vuelco. El inspector más veterano la consideraba responsable, no cabía duda. No podía culparlo; a él era a quien descuartizaban las tres águilas en lucha, a saber el jefe de policía Warren, el secretario de estado Matthews y el ayudante de jefe de policía Monro, cada uno de ellos con sus opiniones particulares sobre cómo ocuparse del caso y la clase de hombres que no hacían nada más que quejarse del fracaso de otros sin ofrecer jamás ninguna ayuda específica. Se preguntó si la actitud de Abberline se derramaría hacia abajo, y después si Makepeace compartiría la opinión de su colega. Ese pensamiento hizo que se sintiera aún peor al entrar en una habitación saturada de sudor masculino rancio y hombres con casco que la miraban acusadores.

—Qué detalle que te hayas unido a nosotros, Caswell —dijo Makepeace con frialdad, y Kit no fue capaz de discernir si le mostraba su desagrado o se limitaba a intentar mantener la normalidad, pues era su costumbre saludar así al último agente en llegar—. Bien, atención. Anoche hubo dos escapadas in extremis y ahora tenemos dos nuevas mujeres fallecidas. Os podéis imaginar cómo se nos está representando en la prensa y cómo nos percibe el público... en particular con esas supuestas cartas del Destripador en circulación.

La mención de las cartas le recordó la que llevaba en el bolsillo, todavía cerrada. No había tenido el tiempo ni la privacidad suficiente para leerla desde que la habían deslizado por la ranura del correo. Su madre se había quedado cerca de ella después de la cena, preguntándole sobre el trabajo y sus amigas, y después había insistido en sentarse junto a su cama hasta que se quedó dormida; no valía la pena protestar y que sus sospechas aumentaran. Kit suponía que era de Mary Jane y que en ella la increpaba por no haber logrado salvar a Liz ni a Cathy, ni atrapar a su asesino, ni trazar un plan que detuviera la matanza de una vez por todas.

—Y se acabaron los señuelos, después de lo bien que salió todo la última vez. Debemos concentrarnos en las pistas. La ausencia total de las mismas no parece tener la menor importancia para el jefe Warren y los suyos.

Makepeace pasó a asignar las tareas de aquel turno al grupo allí reunido. Kit se dio cuenta de que era la única agente que no había recibido una. Cuando nombraron a Watkins, Kit no dijo nada, se limitó a observar el gesto irritado de Makepeace. Sentía la mirada de Abberline posada en ella y tuvo cuidado de mantener el rostro inexpresivo. No vio ni a Wright ni a Airedale, y no los llamaron, lo que sugería que ya debían estar en algún sitio.

Makepeace concluyó, le echó una mirada rápida a Abberline, que le indicó con una sucinta sacudida de cabeza que no tenía nada que añadir. El más veterano se unió a la corriente de salida, y Kit se quedó atrás, a la espera de que Makepeace notara su presencia. Pero le había dado la espalda y estaba analizando la pared cubierta de mapas, listados de nombres, lugares y fechas y, lo peor de todo, las fotos de las mujeres tras los asesinatos.

No se trataba de amables imágenes post mortem, eran fotografías horribles que mostraban en un crudo blanco y negro todas las cosas espantosas que les habían hecho, todas las marcas abominables grabadas sobre las víctimas con un instrumento afilado.

—¿Señor?

—¿Qué ocurre? —Makepeace no la miraba a los ojos.

—Es sobre Ned, señor. Es decir, Watkins... Está enfermo. Me lo encontré en la calle Commercial y se ha ido a casa, señor.

—¿Y por qué demonios no dijiste nada antes? —le respondió cortante. Kit se mantuvo en silencio hasta que el inspector la miró, captó su expresión y vio que no quería que su compañero pareciera débil delante del resto. Asintió de mala gana—. Bien. ¿Algo más? ¿Algo que sea importante?

La noche del doble suceso, cuando se encontró a Kit machacada y ensangrentada en Duffield's Yard, Makepeace había sido atento. Había sido amable. Ahora estaba distante, molesto. Kit atribuía el cambio, más que a la pérdida de la vida de Liz Stride, a las consecuencias de su fracaso, magnificadas espectacularmente por la muerte de Cathy Eddowes.

Se mordió el labio, sin saber qué decir, qué preguntar. Makepeace le clavó la mirada, entrecerrando los ojos.

—Caswell, ¿querías algo?

Kit sacudió la cabeza despacio, parpadeando con fuerza.

—No, señor, nada. Solo decir que lo siento. Lo intenté, señor.

—Pues entonces haz algo útil. —De repente su voz ya no sonaba tan fría, resultaba amable a regañadientes—. Ve a hablar con los maridos de Stride y Eddowes, o lo que sea que tuvieran parecido a maridos.

—¿No los han entrevistado ya, señor?

—Sí, pero se encargó Airedale, te puedes imaginar lo bien que salió todo. Puede que tú logres sacarles algo. Vete antes de que cambie de opinión y te ponga a limpiar las celdas.

—Sí, señor.

Kit sospechaba que eran tareas inútiles, pero no era lo peor que le podía haber mandado, y a lo mejor sacaba algo, algún tipo de conexión entre las mujeres aparte de su profesión. La voz de su jefe la detuvo.

—¿Caswell?

—¿Sí, señor?

—No fue culpa tuya —refunfuñó Makepeace, aunque parecía aliviado de desahogarse—. No importa lo que ocurra a partir de aquí, lo que ocurrió anoche no fue culpa tuya... y si soy sincero, tuvimos suerte de no perderte a ti también.

Kit no respondió. Le parecía que mentía, pero ese gesto de bondad le provocó un nudo en la garganta. Se quedó mirando la pared con las pruebas, asimilando todas las caras, las lesiones, las pérdidas. No estaban solo las cuatro, las que Kelly conocía y creía que estaban siendo cazadas por su poder: Nichols, Chapman, Stride y Eddowes. A Kit le parecía que las otras, Emma Elizabeth Smith y Martha Tabram, Annie Millwood y Ada Wilson, no encajaban. Creyó percibir un atisbo de cómo mostrarle a Makepeace un camino sin necesidad de mencionar la palabra «brujas», una forma de conseguir que la tomase en serio de nuevo. Respiró hondo, recelosa de romper aquella frágil tregua.

—Son distintas, señor.

Makepeace la miró con una ceja enarcada.

—¿Distintas?

—Las primeras, señor, no son iguales que las cuatro últimas. A las cuatro primeras las robaron y las apuñalaron, pero ni las rajaron ni las mutilaron. Smith y Millwood sobrevivieron al menos un poco, y Ada Wilson sigue viva y apuntando sin cesar al mismo soldado que se suponía que se había encargado de Tabram. Lo que pasa es que no conseguimos pruebas porque sus compinches siempre le ofrecen coartadas.

Makepeace asintió, alentándola a continuar, y Kit se animó.

—Pero las cuatro últimas, señor, son diferentes. Los anillos de Chapman no estaban, pero llevaba monedas en el bolsillo que supusimos eran de su último cliente, aunque podrían haber sido de empeñar los anillos. Quien la mató no las cogió, ¿y si no le importaban los anillos ni el dinero, y si lo que le interesaban eran otras cosas? Sabemos qué fue lo que se llevó de Nichols, Chapman y Stride, señor, cogió pedazos de ellas. ¿Y de Eddowes, señor? Ned dijo que la había mutilado.

—Tenía la cara destrozada por los hachazos, el vientre hecho trizas y le faltaba el riñón izquierdo.

Kit sintió que le entraban náuseas, se las tragó y reforzó su posición.

—Son inconsistentes, señor, con crímenes cometidos por hombres discretos... Con las cuatro primeras podrían ser dos, hasta tres asesinos diferentes con intención de robar; las mujeres murieron porque se resistieron. El segundo grupo, nuestras chicas, eso ha sido obra de un solo asesino, diferente de los otros, con un propósito más extraño y oscuro.

—¿Y qué propósito es ese, Caswell?

—Si lo supiera, señor, habríamos llegado más lejos de lo que hemos llegado.

Makepeace le dirigió una mirada dura y larga y luego la devolvió a la pared. Se acercó despacio y empezó a reposicionar las fotografías y los listados, en dos grupos de cuatro. Kit sintió que se le aligeraba el corazón, solo un poco; una esperanza como la de la luz del sol.

—¿Es que no tienes hombres que entrevistar, Caswell?

IX

Kit se acercó a grandes zancadas hasta el cementerio de la Iglesia de Cristo a última hora de la tarde. Entró por la misma puerta que había utilizado con Kelly en lo que parecía una vida anterior, pero no se metió en la iglesia, sino que se dirigió hacia un pequeño grupo congregado en una esquina del fondo, arracimado entre las lápidas, con los hombros de los abrigos salpicados de nieve.

Cuando divisó a Kit, el grupo de siete mujeres se dispersó como un enjambre al recibir un golpe. Por suerte, nadie tenía intención (o era capaz) de echar a correr, así que Kit apuró el paso y consiguió agarrar a la más cercana. Ninguna de las otras se detuvo a ayudar a su compañera; al parecer, la sororidad no pasaba por sus mejores momentos, observó Kit.

La mujer tenía el pelo rojo y áspero, le faltaban las paletas y una cicatriz le levantaba la parte izquierda de la boca. Cuando la agarró, esta le escupió y bufó; Kit valoró darle una bofetada, y se dio cuenta de que llevaba demasiado tiempo entre hombres si pensaba que esa era una solución.

—Eliza Cooper, serénate o te ganarás una noche en el calabozo —le dijo, y la otra pareció tranquilizarse; aunque hacía

77

tanto frío que la joven agente se preguntó si una cama gratis, cuatro paredes y la promesa de una comida caliente no serían más bien una tentación—. Estoy buscando a Mary Kelly... la sigo buscando.

Era cinco de noviembre, habían pasado treinta y seis días desde el doble suceso, treinta y cinco desde que Kelly había abandonado el número 3 de Lady's Mantle Court y se había esfumado. El único consuelo que tenía Kit era que su cadáver no había aparecido. Casi se atrevía a creer que la prostituta hubiera hecho las maletas y cambiado Londres por alguna otra alternativa más segura, aunque le parecía poco probable. Kelly, como la mayoría de la gente, era un animal de costumbres, asidua de las calles de la ciudad, y haría falta algo más que una amenaza de muerte y descuartizamiento para que abandonase el lugar que mejor conocía.

Aunque Kit no había renunciado aún a encontrar a Mary Jane, sus opciones eran más exiguas que las raciones en el asilo. Nadie admitía haberla visto y Kit no había oído nada sobre ella. La carta, que seguía guardada en el bolsillo de su uniforme, y le pesaba más por el mensaje que contenía y todas sus posibles consecuencias, no era de Kelly.

—No la he visto... Nadie la ha visto desde hace semanas —refunfuñó Cooper, sin mirar a Kit a los ojos, pero con una expresión reconocible.

Había pasado tanto tiempo vigilando a las prostitutas de Whitechapel que el negocio se resentía; la presencia y vigilancia constantes de Kit les estaba costando clientes. Fuera cual fuera la gratitud que habían sentido en un principio, el hecho de que espantara a sus fuentes de ingresos las había ido carcomiendo. Pero había algo distinto en el tono de Cooper, una exasperación de la que Kit creía que podía aprovecharse.

—Eliza. Eliza, mírame.

La mujer obedeció, reticente.

—¿Qué?

—Eliza, necesito encontrar a Mary Jane. Necesito saber que está bien y también necesito su ayuda. —La mujer negó con la cabeza, y Kit se apresuró a añadir—: Por favor, Eliza, por favor. No creas que el peligro ha desaparecido... Jack sigue ahí fuera. Está esperando.

Kit vio flaquear la determinación de la mujer y, como no estaba por encima de utilizar ciertos reclamos, se sacó un monedero del bolsillo e hizo tintinear su contenido.

—Aquí hay suficiente para una cama y una cena. No tendrás que ganarlo de la forma difícil. Por favor, Eliza, no quiero hacerle daño.

Al principio pareció que la súplica no había surtido efecto, pero entonces Cooper emitió un sonido de derrota hastiada y puso la mano. Kit le dirigió una mirada que indicaba que no era tan idiota como para darle el dinero antes de recibir la información, y la mujer soltó una carcajada.

—Mary Jane dijo que eras un chico listo. Vale, está en la pensión de la calle Flower and Dean, en el número 32, donde vivía Lizzie.

—¿Quién le paga las facturas? —preguntó Kit, mientras contaba monedas y las ponía en las palmas grasientas de Eliza Cooper; llevaba varias semanas guardándose una parte de la paga con ese propósito.

—Mantiene al casero «contento» como mejor sabe —se rio la mujer, y se guardó con regocijo el dinero más fácil que había ganado en su vida.

Kit frunció el ceño.

—Eliza, no te lo gastes en alcohol, por favor. Alquila una habitación y duerme toda la noche. Descansa protegida y caliente.

La mujer asintió, aunque Kit sospechaba que pensaba hacer todo lo contrario, y se encogió de hombros. No había heredado el fervor de su padre por imponer la salvación a aquellos que no estaban interesados en ser salvados. Suspiró y dijo:

—Puedes irte, Eliza. Cuídate.

La mujer asintió de nuevo y le dirigió una mirada extraña. Sabía que las prostitutas de Whitechapel hablaban de lo excéntrico que era el agente Caswell, que nunca se aprovechaba de los favores que le ofrecían, que no quería salvar sus almas condenadas, que solo trataba de ayudar, sin pensar en una recompensa. Su abnegación las volvía recelosas y desconfiadas.

Kit se alejó rápido; quería asegurarse de llegar a su destino antes de que Cooper se arrepintiera del trato y decidiera avisar a Mary Jane de que la habían encontrado.

La pensión era como tantas otras de su clase, solo en Whitechapel había doscientas así; la gente se apiñaba en habitaciones minúsculas y sucias, y apenas conseguían reunir dinero para pagar una noche. Kit encontró al ayudante del casero (un hombre bastante joven que, a cambio de una habitación, se ocupaba de la deteriorada pensión de la forma más ruin posible) y no tardó mucho en sonsacarle la ubicación de la habitación de Kelly. Golpeó la puerta con suavidad, preguntándose si tendría que tirarle de la lengua a su ocupante, pero, para su sorpresa, la puerta se abrió de par en par sin la menor precaución. Kelly, que iba vestida con una blusa blanca sencilla, un chal negro y una falda azul, no llevaba ni pizca de maquillaje y tenía el pelo recogido en un moño recatado, parecía tan desconcertada como la propia Kit.

—Tú. Pensaba que era el señor que venía a cobrar la renta. Será mejor que pases.

Se hizo a un lado, y su invitada entró en la habitación, que era pequeña pero inesperadamente ordenada. La ropa estaba colocada en una repisa, doblada con sumo cuidado, y la cama hecha. Sobre la mesita de noche se encontraban una lámpara, una botella de ginebra y dos vasos. En una cesta de mimbre a los pies de la cama había un montón de ropa para remendar, y Kit observó la aguja y las madejas de distintos colores que Kelly utilizaba. Enarcó una ceja.

—Estoy practicando para mi nueva profesión —dijo Mary Jane, e indicó a Kit que se sentara en la única silla, mientras ella se acomodaba en la cama y volvía a coger el calcetín que estaba remendando.

—¿Cómo estás, Mary? —preguntó Kit, sentándose con precaución en la silla, un poco preocupada por cómo iba a reaccionar esta ante un peso mayor que el de una sábana doblada.

El mueble crujió en protesta, pero aguantó y, al poco, Kit se relajó.

—Viva, que, dadas las circunstancias, es lo máximo a lo que puedo aspirar —contestó Kelly con brusquedad.

Kit asintió.

—Te he estado buscando. Estaba preocupada.

—No tenías por qué. Estoy cuidando de mí misma, he encontrado un buen acomodo. Un único «cliente» al día, que además me trae prendas para remendar. Tenemos un acuerdo.

—No sales al exterior —afirmó Kit.

—Hace frío ahí fuera.

Mary Jane hizo un nudo en el hilo y colocó el calcetín junto a su pareja; después eligió una blusa del montón, encontró un carrete de hilo del mismo color y se afanó en enhebrarlo en la aguja. Kit se encontró presionando con la lengua dentro de la boca en concentración solidaria.

—¿Por qué desapareciste? ¿Por qué no me avisaste?

—Alguien empezó a seguirme. No pude ver a nadie, pero lo sabía. Así que me escondí. Además, no parecía que fueras de ninguna ayuda.

Kit ignoró la pulla.

—Aquella última noche que te vi...

—¿Mm? —Kelly sonó indiferente y mantuvo la vista fija en su tarea.

Kit se sacó la carta del bolsillo.

—Alguien echó esto en la ranura del correo después de que te fueras. Y alguien estaba vigilando mi casa, estoy segura. ¿Eras tú?

—No. Cuando me fui, me fui. Y la carta tampoco es mía.

—Eso ya lo sé. Es de él.

Las manos de Mary Jane se detuvieron, y la blusa cayó y se desinfló poco a poco sobre su regazo. Kit abrió el sobre, como había hecho tantas veces desde la primera vez que rompió el sello de lacre. La caligrafía no se parecía en nada a la letra enmarañada y roja que había aparecido en los periódicos. Eso no era obra del Jack al que le gustaba escribir, comunicar, presumir y deleitarse en su fama. Esa mano era fuerte y elegante, y usaba tinta negra; el tono resultaba formal y centrado. Se trataba de una propuesta, un intercambio. En apariencia era el texto de un hombre razonable... o al menos uno que consideraba sus actos razonables.

Se lo alargó a la otra mujer, sin atreverse a preguntarle si sabía leerlo. Kelly lo cogió de mala gana, y Kit observó cómo sus ojos se paseaban sobre las palabras, absorbiendo su significado. Observó cómo sus manos delgadas empezaban a temblar. Observó cómo Kelly levantaba su propia mirada para encontrarse con la de ella, presa de un horror creciente.

—¿Por eso has venido? —preguntó con voz ahogada.

Kit negó con la cabeza, vehemente.

—¡No! No pienses eso de mí.

—¿Y entonces por qué? ¿Por qué me enseñas esto? ¿Por qué me has buscado ahora que estoy a salvo?

—Porque creo que puedo atraparlo. Creo que sé lo que hay que hacer. No entiendo cómo sabe todo lo que sabe sobre mí, sobre Lucius, pero creo que puedo atraerlo y pillarlo, Mary Jane.

—A ver si lo he entendido: este hombre quiere hacer un trato contigo. Mi vida a cambio de una mejora considerable en la salud de tu hermano. ¿Y tú no quieres aceptar su trato?

—¿Funcionaría? —objetó Kit.

Kelly se encogió de hombros.

—Podría ser, si quien escribe esta carta tiene algún poder propio. Si no, lo más seguro es que no.

—Bueno, Mary Jane Kelly, yo creo que no funcionaría. No creo que tenga ningún poder propio, o no os estaría robando vuestra mísera porción. No creo que pueda ofrecer nada en absoluto e, incluso aunque pudiera, no compraría la salud de Lucius de esa manera; puede que no sepa nada de brujería, pero sé que un precio así es demasiado alto. Si tuviera toda la riqueza del mundo, la gastaría en mi hermano, pero no ofreceré una vida a cambio de otra. No lo haré. Ya cargo con suficientes muertes en mi conciencia para toda una vida. —Se restregó la cara con las manos—. Y Ned Watkins también está muerto… ¿Eso lo sabías?

La expresión en el rostro de Kelly demostraba que no.

—Pobre corderito. ¿Qué pasó?

—Se colgó en el cobertizo del jardín de la casa de sus padres. Me contó que las veía… que veía a Annie la Morena y a Cathy Eddowes. Dijo que no le decían nada, se quedaban de pie junto a su cama de noche, mirándolo.

Kelly suspiró.

—A veces se quedan, los muertos. Se enganchan a la persona que los encontró... A veces a su asesino, pero otras simplemente buscan al primer buen corazón que se les aparece tras su muerte. ¿Tú no ves a Lizzie?

Kit negó con la cabeza, preguntándose qué decía eso de su corazón, y se inclinó para coger la carta de los dedos de Kelly.

—Yo no poseo, como ya has mencionado, el menor atisbo de magia de ningún tipo. —Agitó el folio de papel grueso color crema—. Esta es la única manera que tengo de ayudar, Mary Jane, pero necesito tu ayuda.

—Necesitas que sea el cebo —respondió ella burlona, y Kit asintió.

—Sí. Al parecer no vale ninguna otra.

—¿Sabe tu inspector algo de esto? ¿De esta carta?

Kit negó con la cabeza y le sostuvo la mirada a la otra mujer. Kelly le dedicó una sonrisa torcida.

—Si le contases que esto va de brujas y de magia, pensaría que estás loca. Si le enseñaras esta carta, dirigida a la señorita Katherine Caswell, descubriría que no eres quien dices ser. Demasiadas preguntas, no tendrías mentiras suficientes para responderlas todas.

—Si descubre que soy una mujer, mi vida vuelve a lo que era. Vuelvo a tener que malvivir para conseguir mantener a tres personas. No volveré a estar tan indefensa.

—Encuentra un marido rico, eres lo bastante guapa.

—¿Dónde voy a encontrar un marido rico? Si fuera tan fácil, ¿no lo habrías hecho tú ya?

El aire entre ambas sabía cargado y amargo. Kit respiró hondo y luchó por mantener el tono firme.

—Pero esto sí puedo hacerlo. Si me ayudas, puedo tentarlo, y no sobrevivirá, eso te lo prometo. —Las dos se estremecieron al escuchar el acero en su voz, al oír de su boca lo que ambas sabían que tenía que hacerse—. Morirá por lo que le hizo a Polly, a Annie, a Elizabeth y a Cathy. Morirá por lo que quiere hacerte a ti. Si lo atrapan, lo mandarán a la horca sin la menor duda… pero antes contará secretos y arruinará otras vidas. Aunque nadie crea que tú seas una bruja, Mary Jane, descubrirán que soy una mujer y mi vida se habrá acabado.

—Así que te convertirás en asesina, también —apuntó Kelly.

Kit sacudió la cabeza, no para negar sus palabras, sino porque no quería pensar en ellas. Dobló la carta con cuidado y volvió a meterla en el sobre como si fuera lo más importante que tuviera que hacer en aquel momento. Se puso en pie y se aclaró la garganta.

—Lo haré —dijo Kelly con voz monótona.

Kit se quedó congelada. El consentimiento, aunque resolvía un problema, creaba unos cuantos más.

—¿Estás segura?

—Por Dios bendito, Kit Caswell, ¿primero me atosigas con este plan de locos y ahora quieres saber si estoy segura? —Kelly se rio con dureza—. Estoy segura. Es la única manera de que pueda volver a salir a la calle y estar a salvo… Bueno, todo lo a salvo que estamos las de mi clase en la calle.

Kit tragó y asintió.

—Pondré el anuncio en la sección de clasificados de un periódico, como dice él. Necesitamos una dirección a la que mandarlo…

—Aquí no, por amor de Dios.

—… un sitio discreto.

—Conozco el lugar perfecto.

X

Kit solo había pisado el interior de la tienda dos veces antes. La primera fue en respuesta a un mensaje del señor Wing, la semana posterior a la muerte de su padre. Uno de los muchachos chinos había acudido a la rectoría, y Louisa, apenas despierta hasta que Kit la llamó desde la puerta, lo echó a gritos. El muchacho salió volando y, en su huida, se le cayó una tarjeta blanca rectangular que Kit se guardó. La dirección escrita en el reverso con trazo firme la guio hasta Limehouse, a una tienda que albergaba todo tipo de medicinas herbolarias.

Le gustó el olor; el incienso y los ingredientes secos se combinaban en una mezcla embriagadora. El señor Wing le había parecido viejísimo aquella primera vez, cuando el anciano le explicó la deuda que tenía con su familia, y aún más viejo cuando lo visitó por segunda vez y le hizo aquella petición que derivó en que se le asignara un espacio en el almacén. En esa ocasión, la tercera, Kit se esmeró con su indumentaria y se aseguró de que tanto el vestido como la capota y el bolso fueran negros, un recordatorio de su pérdida (aunque el periodo de luto ya estaba más que finalizado) y de la deuda contraída.

No había cambiado nada, aunque el olor tenía un tufillo empalagoso; se preguntó si el sótano se utilizaría como fumadero de opio y acto seguido sacudió la cabeza. No quería saberlo, y a aquellas alturas tampoco estaba en posición de juzgar a nadie. Una luz tenue entraba por las ventanas, cubiertas por la mugre de Londres; la tienda estaba vacía y parecía que nada de lo que había en las estanterías se hubiera movido, pero Kit sabía que la botica china era un negocio boyante y que el señor Wing tenía tan buena reputación que incluso los especialistas de la calle Harley enviaban allí a sus pacientes si necesitaban ciertos remedios. Una vez le dio a Lucius una de las pociones del anciano, pero el olor y el sabor lo hicieron rechazarla después del primer sorbo y al final la tiró.

Tras el mostrador se encontraba el objetivo de su búsqueda, encaramado en un taburete alto como si fuera un maniquí o una marioneta que hubiera quedado como centinela. Su rostro redondo no mostró signos de sorpresa al verla, aunque sacudió los bigotes caídos a modo de bienvenida. Llevaba una larga túnica de un raro tono gris verdoso, y Kit se percató de lo bien que se fundía con las sombras del interior.

—Señorita Katherine —dijo con una voz suave como el aceite, la voz de un hombre joven—. Otra visita de cortesía tan pronto... ¿Debería preocuparme?

—Hola, señor Wing —sonrió Kit. No estaba del todo segura de que ese fuera su verdadero nombre, pero era el que daba en el mostrador de su tienda a los occidentales que frecuentaban el lugar y el que su propia gente utilizaba, al menos en presencia de extraños—. Confío en que se encuentre bien.

Él asintió, pero no respondió nada, a la espera de que le explicara el motivo de su visita.

Kit dudó antes de hablar de nuevo.

—Señor Wing, debo hacerle una solicitud especial. No es algo que haga a la ligera, acudo a usted gracias a nuestro vínculo.

—Se refiere a mi deuda, señorita Katherine —rio él. Kit respondió con un gesto a medias entre un asentimiento y un encogimiento de hombros—. ¿Y qué es lo que requiere de mí?

—Necesito un arma, señor.

El señor Wing se quedó callado un rato acariciándose el bigote. Después hizo lo impensable y se bajó de su trono para acercarse a ella. No se movía como un anciano, parecía hacerlo con lentitud porque así lo deseaba, no porque lo necesitara.

—Ese es un favor muy grande, señorita Caswell —dijo con seriedad cuando se detuvo.

—Me debe un favor muy grande, señor Wing. Usted mismo me lo dijo —respondió ella con la misma seriedad, sosteniéndole la mirada.

—¿Qué le hace pensar que estoy interesado en ayudarla con algo de naturaleza tan ilegal?

—La misma razón por la que me envió al chico para avisarme de la mujer asesinada. —Él abrió la boca para negarlo, pero Kit continuó—. Muy pocas cosas ocurren, señor, de las que no esté usted informado. Sé que sus recaderos reúnen información igual que otros niños recolectan bayas. También sé que lo hacen para mantener a su gente a salvo; estar prevenido es estar preparado. Así que confíe en mí si le digo que esto es algo que necesito para mantener a mi gente… a toda la gente… a salvo. Sé que lo entenderá y que querrá ayudar.

El señor Wing la miró fijamente y al final respondió:

—¿De repetición o semiautomática?

Kit parpadeó.

—Semiautomática sería lo ideal.

—Más de una oportunidad, aunque por lo que tengo entendido siempre hay que intentar que el primer disparo sea el definitivo. ¿Sabe utilizarla?

Kit asintió. Su padre la había enseñado a disparar aves de caza; y había recibido formación en armas de fuego cuando entró en la policía, aunque todavía no se la consideraba digna de confianza para portar un arma al llevar tan poco tiempo en el puesto.

—La tendrá uno de los chicos en el almacén.

—¿Cuándo? La necesito...

—Estas cosas no son fáciles de conseguir —respondió él, y después se echó a reír—. La tarde del día 9.

Kit le dio las gracias y se giró para irse. Cuando ya estaba en el umbral de la puerta, la detuvo su voz.

—¿Señorita Katherine?

—¿Sí? —Lo miró por encima del hombro con las cejas enarcadas.

—Recuerde que los pasos que se dan no pueden desandarse después. Algunos actos son, sencillamente, demasiado serios para retractarse de ellos... Esto es lo que les digo siempre a nuestros jóvenes muchachos cuando deben elegir su camino. Creo que también se aplica a usted. Lo próximo que haga cambiará el rumbo de su vida.

Kit asintió, pero no respondió. En el exterior, cogió una bocanada de aire frío que le llenó los pulmones; la tienda se había vuelto de pronto sofocante y estrecha. Cerró los ojos y se los frotó hasta que las estrellas motearon el interior de sus párpados. No tenía elección, se dijo a sí misma. O se quedaba de brazos cruzados sin hacer nada, fingiendo que no le afectaba lo que había ocurrido, y entonces seguiría ocurriendo; o se lo contaba todo a Makepeace y al hacerlo dejaba al descubierto todos sus secretos y perdía todo lo que había luchado tanto por conseguir; o podía hacer aquello, esa última cosa, acabar con todo y mantenerse a salvo, a sí misma y a su vida.

—¿Dónde has estado? —preguntó Louisa en cuanto Kit puso un pie en la casa.

Llevaba semanas más alerta de lo habitual, desde la visita de Mary Kelly, o al menos así era mientras Kit estaba en casa, como si lo que fuera que estuviera haciendo resultara evidente cuando se encontraba bajo la mirada atenta de su madre. Kit levantó el bolso y lo sacudió con suavidad para que las botellitas tintinearan, y le ofreció la bolsa llena de provisiones.

—La medicina de Lucius y más láudano, madre, y comida. —Mantuvo el tono tranquilo mientras se quitaba la capota y la colgaba del perchero, aunque el recelo de Louisa empezaba a resultarle agotador—. ¿Cómo está Lucius?

—Todavía tiene mucha fiebre —se lamentó Louisa.

Kit cogió un saquito marrón de la bolsa y se lo ofreció.

—Pon agua a hervir y echa esto. Es matricaria, debería ayudar.

Louisa asintió y desapareció en la cocina. Kit fue hasta la habitación de su hermano y se encontró a la señora K leyéndole una biblia muy usada. No supo discernir si la expresión de Lucius se debía a la languidez propia de la fiebre o al aburrimiento; tenía la mirada fija en la ventana diminuta, que daba a un patio igual de diminuto. Kit sonrió.

—Tómese un descanso, señora K, le haré compañía yo un rato.

La señora la miró y asintió; no parecía sospechar tanto de ella como Louisa, aunque sí aparentaba desaprobarla. Como si no hubiera cumplido su parte del trato. Cuando entraba en la habitación, la señora K se dirigió a ella en voz baja:

—¿Esa amiga tuya de la sombrerería? —Kit inclinó la cabeza a la espera de que continuara—. La conozco de algún sitio, pero no consigo situarla.

Ella se encogió de hombros.

—Vive cerca de la tienda de la señora Hazleton. No se me ocurre en qué otro sitio podría haberla visto.

La señora K sacudió la cabeza y le entregó la biblia a Kit. Cuando esta empezó a oír voces provenientes de la cocina, se sentó junto a la cama y posó la mano en la frente de Lucius. Tenía una ligera fiebre, pero mucha menos de la que esperaba.

—¿Cómo te encuentras?

—Bien —respondió él con tono ligero, sin mirarla—. ¿La encontraste?

Kit había dejado de compartir sus aventuras con Lucius; o, más bien, había empezado a ofrecerle una versión muy censurada de las mismas, y él lo sabía. Su hermano se había preocupado mucho antes del doble suceso y cuando Kit regresó con el rostro magullado y el hombro herido. Desde entonces no tenía buen aspecto. Cuando le pedía información, lo hacía con un trasfondo de angustia que Kit no le había escuchado nunca antes y que aumentaba su sentimiento de culpa. No le había contado lo de Watkins y solo le había dado unas pinceladas de su búsqueda de Mary Kelly.

—La encontré hace unos días. Está bien y a salvo, no temas Lucius. No corre peligro, creo que él podría haberse marchado —mintió con soltura.

—Dijiste que no. Dijiste que no se iría. Que no iba a parar hasta conseguir lo que sea que quiere.

Kit se maldijo a sí misma por haberle contado todo aquello. Lo maldijo a él por meter el dedo en su miedo, en su certeza, de que el asesino se limitaba a esperar a que Mary Jane volviera a aparecer, de que su plan era demasiado arriesgado, mal concebido y desesperado. Se inclinó hacia delante y le cogió la mano, y le habló en voz baja mientras les llegaban desde la cocina los sonidos de la preparación del té y de su madre revisando la compra.

—Lucius, te prometo que se acabará pronto. Te prometo que ese hombre no volverá a hacerle daño a nadie más. Y te prometo que seré muy cuidadosa.

—Eso fue lo que dijiste la última vez —señaló él, mirándola por fin a los ojos.

—Sí, lo dije. Y lo subestimé. Pero esta vez no, nunca más. Necesito que confíes en mí. ¿Lo harás?

Antes de que su hermano pudiera responder, Louisa apareció en la puerta. Llevaba una delicada taza de té de porcelana, de la que emanaba un olor parecido a alcanfor mohoso. Lucius arrugó la nariz y puso mala cara.

—De eso nada, jovencito —dijo Kit—. Es por tu bien, y las medicinas no saben a chucherías. A veces todos tenemos que hacer cosas que no queremos hacer.

Lucius la miró con intención y respondió:

—Lo sé.

XI

El chico que la había avisado de la inesperada muerte de Liz Stride la esperaba en el jardín abandonado junto a los almacenes. No lo había vuelto a ver desde entonces, aunque lo había buscado. Sin mediar palabra, le entregó un paquete envuelto en percal. Cuando el muchacho intentó irse, lo sujetó de la mano.

—¿Cómo te enteraste? ¿De lo de la mujer en Duffield's Yard?

Aunque supuso que no le respondería, estaba decidida a no dejarlo escapar; el chico forcejeó, pero le fue imposible zafarse de ella. Al final se quedó quieto.

—La vi. Vi su cadáver —dijo.

Lo dejó ir, consciente de que no le diría nada más. El muchacho se desvaneció en la niebla.

El interior del cobertizo estaba frío, y la atmósfera le pareció vagamente hostil... como si hubiera decidido que ella ya no pertenecía a allí. O a lo mejor eran imaginaciones suyas, pensó. Lo único que había cambiado era lo que había venido a hacer, no el espacio que había sido su confidente más cercano durante tantos meses, el lugar que la había ayudado a cambiar su vida y a sí misma. Las cuatro paredes que habían mantenido todos sus secretos ocultos y a salvo.

Se sentó sobre la tapa de su baúl y lo observó todo excepto el paquete que tenía en su regazo. Las astillas de las paredes; las pisadas embarradas con un hueco visible allí donde faltaba un pedazo de la gruesa suela del zapato derecho; el techo en pico y las vigas, que parecían demasiado delgadas. Tanteó con los dedos el borde del envoltorio de tela y le temblaron las manos cuando respiró hondo y desplegó el paño. El revólver era un British Bulldog (el mismo modelo con el que había entrenado pero que no le permitían llevar), con un tambor de seis cilindros y empuñadura de madera. Despedía un brillo sombrío.

Kit abrió el cañón y encontró varias balas descansando en su interior. Pasó los dedos sobre el grabado «Philip Webley & Son of Birmingham», que le indicó quién lo había fabricado y dónde, y después sobre el percutor. Era un modelo más antiguo, pero no le importaba que fuera viejo siempre que cumpliera con su función.

Seguía sin creerse del todo que fuera a apuntar a alguien con aquella cosa (aunque fuera alguien que había hecho lo que el asesino) y dispararla con intención de arrebatar una vida.

Kit cerró los ojos y apoyó la espalda contra la pared. El anuncio había aparecido en los clasificados, indicando el lugar y la hora de la reunión, disimulado con términos que sugerían un cariz romántico. Se preguntó si sería demasiado tarde... si el asesino se habría aburrido de esperar y habría dejado de buscar algún contacto por su parte, de aceptación... si había sido todo para nada.

Desde que había leído la carta por primera vez, se había vuelto cuidadosa de noche; incluso durante el día era precavida, miraba por encima del hombro para asegurarse de contar las salidas y localizar dónde se encontraban allí donde iba, se cercioraba de que podía coger la porra rápido y con facilidad, y había adoptado la costumbre de ponerse el puño de latón en cuanto se alejaba unos pasos de la comisaría de la calle Leman.

Había estado tan centrada en la supuesta amenaza que había dejado de oír a Airedale cuando se burlaba de ella, había dejado de prestarle la menor atención, ni siquiera se había dado cuenta de que las últimas semanas estaba más tranquilo, como si no le resultara divertido torturar a alguien que no le hacía ningún caso. Wright le había preguntado en broma qué magia había utilizado.

Kit no sabía cuánto tiempo había pasado examinando el interior de sus párpados, pero cuando sintió que el frío le calaba hasta los huesos supo que había sido demasiado. Se enderezó y se puso el uniforme rápido entre temblores. Se colocó el casco, se abrochó el abrigo de invierno y deslizó la pistola con cuidado en un bolsillo profundo, rezando por no dispararse en el pie.

Al pasar la cerca que rodeaba la Iglesia de Cristo, redujo el paso y fingió atarse las botas. Escuchó con atención, pero no oyó nada, hasta que la voz de Kelly pululó desde las sombras del cementerio, alta y clara.

—Es una noche fría para salir de paseo, agente Caswell.

—¿Estás lista? —preguntó Kit, ignorando las falsas bromas—. ¿Estás bien?

—Yo me ocupo de mi parte del trato y tú ocúpate de la tuya. Pero no llegues tarde, por lo que más quieras.

—Te juro que no —respondió Kit, y escuchó los pasos de Kelly alejarse con quedos crujidos sobre la hierba congelada.

Kit agradeció la calidez del interior de la comisaría, pero no se quitó el abrigo mientras esperaba impaciente a que terminara la sesión informativa del recién nombrado sargento

Thomas Wright; de los inspectores no había ni rastro. Wright parecía agobiado, y cuando la habitación se despejó, Kit esperó por él.

—¿Todo en orden, jefe? —preguntó.

—Todos los chalados andan sueltos esta noche maldita, y eso que no hay luna llena.

Wright cogió el grueso libro de registro de la mesa y se acercaron a la puerta, deteniéndose ante el mostrador del vestíbulo.

—¿Alguno en particular? —preguntó Kit, angustiosamente consciente del peso del revolver en su bolsillo. Le parecía que sobresalía una barbaridad.

El sargento sacudió la cabeza y avanzó por el vestíbulo.

—Llegaron un par de viejas cotorras y exigieron hablar con «quien esté a cargo, buen hombre», y no se conformaron hasta que el propio Abberline escuchó el barullo y las llevó a su oficina.

Kit enarcó las cejas.

—Pues sí que debieron montar una buena... Me maravilla que no las haya metido en el calabozo a pasar la noche.

—Creo que le habría encantado, pero no parecían haber bebido y afirmaban tener información importante que transmitir. Las oí decir que se arrepentiría si las ignoraba.

Kit soltó una carcajada, y Wright iba a añadir algo, pero lo interrumpió Airedale, plantado en mitad de la escalera.

—¡Caswell! —la llamó a voces.

Kit lo miró a la cara, arrugada y roja como un rosbif, y no le gustó la sonrisa que dibujaban sus labios gruesos.

—El inspector quiere hablar contigo, de inmediato.

Kit cruzó una mirada con Wright, que se encogió de hombros para indicar que él no sabía nada.

—¡Volando! —gritó Airedale.

Kit echó a correr, se apretó para pasar junto al policía que la miraba con maldad; él no la siguió, se limitó a observar cómo subía. Aquello la puso nerviosa, pero intentó sacudirse la sensación, sabía que estaba demasiado alerta. Desvió sus pensamientos hacia Makepeace y lo que podría querer.

Desde que habían retirado los primeros cuatro asesinatos de la investigación, habían encontrado a dos de los asesinos del grupo que no era del Destripador, y varios pares de ojos atentos vigilaban al granadero que se había visto por última vez con Tabram y Smith. Makepeace estaba muy satisfecho con esos avances, pero menos con la falta de movimiento en el caso del Destripador. Cientos de hombres habían entrado y salido de sus instalaciones, todavía más habían dado chivatazos y pistas, pero todo había terminado en callejones sin salida. Le habría encantado poder decirle que, después de aquella noche, el Destripador ya no sería un problema para la policía metropolitana de Londres.

Llamó a la puerta del despacho de los inspectores y la abrió.

En la desordenada estancia no había rastro de Makepeace, pero Abberline estaba sentado en la mesa del otro inspector y, en su lugar habitual, había dos mujeres vestidas con decoro y que, al mirarla, le resultaron espantosamente familiares. Kit sintió que la sangre abandonaba su rostro. Abberline la contempló con frialdad.

—Ah, agente Caswell. Estas señoras tienen una historia muy interesante que contar. ¿Quizás podrías iluminarnos con alguno de los detalles?

Louisa miraba con fijeza a su hija, devastada.

—¡Oh, Katherine! ¿Cómo has podido?

Lo primero que pensó Kit fue que su madre parecía más disgustada por aquello que si hubiera estado haciendo la calle, pero no respondió. No dijo nada, excepto:

—¿Dónde está Makepeace?

—El inspector Makepeace está ocupado con otros asuntos. No eres un problema lo bastante importante.

Kit se sintió como si le estuviera echando la bronca un abuelo encolerizado. La única persona que no parecía ofendida por su disfraz, más bien impresionada, era la señora K, cuya expresión era la de quien se ha dado cuenta de que ha cometido un grave error.

—Creo —dijo Abberline en un tono comedido, como si fuera un hombre razonable tomando medidas razonables— que un tiempo en la celda te volverá más colaboradora.

Una mano enorme se cerró como un cepo sobre el hombro de Kit, a la que no le hizo falta girarse para saber que era Airedale, sonriendo como si acabara de ganar una fortuna en las carreras. La expresión de su madre se transformó en una de incertidumbre.

—Sin duda, inspector Abberline, eso no será necesario —comenzó—. Sin duda, es suficiente con que me lleve a mi hija a casa y…

—Su hija ha estado cometiendo un fraude, señora Caswell. No se irá a ningún sitio hasta que llegue al fondo de todo esto y pueda establecer hasta qué punto ha comprometido nuestras investigaciones con sus actos.

Kit quiso defenderse, quiso ponerse a gritar, pero la sola idea de darle a Airedale una excusa para golpearla o echársela al hombro y llevarla hasta las celdas como si fuera un saco de carbón fue suficiente para impregnarse de una dignidad helada.

Airedale desfiló tras ella hacia las escaleras, y la voz de su madre, en lugar de apagarse con la distancia, se volvió más fuerte y penetrante. Kit estuvo a punto de sonreír; esa vez Abberline había encontrado la horma de su zapato. Wright, de pie tras el mostrador de la entrada, se la quedó mirando cuando pasó, y Airedale le quitó de la cabeza el casco de policía de un golpe.

—Encuentra a Makepeace —fue todo lo que dijo Kit, y recibió un empujón en la espalda como respuesta.

—No te molestes —contestó despectivo Airedale, y le dio otro empujón hacia los escalones de piedra que llevaban al piso de abajo.

Kit se acordó de pronto de Mary Kelly, totalmente sola en Miller's Court, y ella allí sin mover un dedo. Pensó en el hombre espantoso que caería sobre aquella que le había confiado su vida. Se dio la vuelta y abrió la boca para gritarle a Wright que tenía que encontrar a Makepeace, que tenía que ir a Miller's Court, que tenía que avisarlo de que el asesino estaría allí y podían atraparlo. Ya no importaba lo que sabían de ella, lo único importante era salvar a Mary Jane.

Antes de que pudiera pronunciar una sola palabra, Airedale la golpeó en la cara a mano abierta, estampándola contra la pared y dejándola inconsciente.

XII

Cuando volvió en sí, estaba hecha un ovillo sobre el frío suelo de piedra. Airedale ni siquiera se había molestado en colocarla sobre el montón de paja que hacía las veces de cama en la pequeña estancia. No sabía cuánto tiempo llevaba inconsciente, no tenía ni idea de cuántos de sus antiguos colegas habían ido a observarla con incredulidad.

Notaba el bulto del revólver presionándole el muslo; no se les había ocurrido cachearla ni quitarle nada que pudiera utilizar. La porra colgaba de su cinturón, aunque suponía que el casco seguía en su puesto solitario sobre la mesa de Wright.

¿Qué pensaría su mentor? ¿Qué diría? Y Makepeace. ¿Qué diría el inspector? ¿Qué haría? Se dio cuenta de que le daba igual lo que pensara el resto.

—¿Ya estamos despiertos? —Airedale se cernía sobre ella frente a los barrotes—. ¿Lista para tu castigo?

—¿Dónde está Makepeace? Airedale, tengo que hablar con el Mismísimo, tengo que salir de aquí. No lo entiendes...

—Entiendo que has estado donde no deberías estar, entrometiéndote en cosas que no te incumben. ¿No sabes lo que les pasa a las niñas que se meten donde no las llaman? ¿A las niñas que no obedecen las reglas? Las niñas que se desvían del camino… reciben lo que se merecen, eso es lo que les pasa.

Airedale abrió la puerta de la celda y después la cerró tras de sí. No echó la llave porque no hacía falta; que fuera rápida era irrelevante si no podía pasar. Empezó a quitarse la chaqueta y Kit se apretó contra la pared más lejana.

—Las niñas desobedientes tienen que aprender lecciones muy duras, Katherine.

Estaba tan seguro de sí mismo, tan concentrado en desabrocharse los pantalones, que se echó a reír al ver que ella se encogía de horror. Cuando Kit se giró a toda velocidad y se lanzó sobre él, lo pilló totalmente desprevenido. Descargó la porra contra su rodilla izquierda y escuchó el crujido del hueso. Airedale se desplomó con un grito, y ella le saltó encima mientras caía. El hombre consiguió agarrarla del tobillo, y ella también cayó, golpeándose el hombro con tanta fuerza contra el suelo que se le quedó dormido. Pataleó y le atizó en el rostro rubicundo con el talón de la bota, y oyó cómo se le partían los dientes con un chasquido satisfactorio.

Kit se puso en pie a toda prisa y echó a correr, subió las escaleras e irrumpió en el vestíbulo. Wright seguía en su mesa, igual de perplejo. Le gritó mientras pasaba (nadie intentó detenerla):

—¡El 13 de Miller's Court! El Destripador.

Empujó la puerta con el hombro y salió a la noche, y cada impulso de sus brazos, cada golpe de sus botas sobre los adoquines era una oración.

Kit no esperó a escuchar si la seguía una turba de policías, para capturarla o ayudarla. Voló sobre las calles mal iluminadas, intentando recordar con desesperación todos los atajos que había aprendido durante su tiempo como policía de Whitechapel. Se equivocó dos veces y tuvo que volver sobre sus pasos, llorando y maldiciendo, con palabras que ella nunca había utilizado pero que había escuchado incontables veces en boca de los parroquianos.

Miller's Court era parte de la barriada de Spitalfields, tan peligrosa que tenía dobles patrullas. Salía del «infame cuarto de milla» de la calle Dorset. Estaba lleno de gente; Kit pensó que alguien oiría un ataque. La voz en su cabeza le recordó que eso no había ayudado a ninguna de las otras víctimas. No era una zona en la que la gente corriera hacia los gritos u ofreciera ayuda. Caminaban rápido en dirección contraria para evitar meterse en problemas.

La silueta de la Iglesia de Cristo apareció ante ella y le ofreció cierta esperanza: estaba cerca. Seguía sin saber la hora que era. No sabía cuánto tiempo había perdido; tendría que haberse parado a preguntar antes de salir corriendo, pensó, y después pensó que era una imbécil, como si hubiera un segundo que perder. Y si llegaba demasiado tarde... Bueno, entonces la hora ya daba igual.

Se lanzó a la izquierda para coger la calle Dorset casi sin reducir la velocidad y estuvo a punto de resbalar con el suelo mojado. Se enderezó y siguió corriendo hasta que encontró una pequeña abertura, de apenas un metro de ancho, que daba al callejón sin salida de Miller's Court.

El espacio se ensanchaba al cruzar el pasadizo, y vio el número 13 a su derecha. Tenía su propia entrada, había dicho Kelly, y su marido de hecho (que ya no lo era) estaba de acuerdo en desaparecer por una noche si Kelly se ocupaba de las zonas comunes. Casi había acabado con sus escasas reservas al hacerlo, pero Kit había aportado los veintinueve chelines que faltaban.

Kit bajó el ritmo al acercarse a la esquina. Había dos ventanas que daban al jardín, y las dos tenían bastos sacos de arpillera colgados a modo de cortinas; la visión del brillo naranja del interior la tranquilizó por un momento, el fuego indicaba calidez y comodidad, hogar y una chimenea. Por el más breve instante, pensó que todo iba a salir bien. Después se percató de que la esquina de una de las ventanas estaba rota y había un trapo embutido en el agujero, un trozo de tela descolorida con manchas oscuras.

Agarró el pomo y lo giró, y empujó la puerta hacia dentro con suavidad.

Kit nunca había olido nada igual; las otras mujeres habían muerto en el exterior y el hedor de sus muertes se había disipado hasta cierto punto por ese motivo. En la habitación de Mary Jane, el aire resultaba espeso por la pestilencia a hierro, mierda y pis. El brillo danzarín de la chimenea daba la engañosa impresión de que lo que quedaba del pecho de la mujer todavía se movía, pero Kit sabía que era imposible: a Mary Jane la habían abierto de la garganta a la ingle. Había tanta sangre que Kit no sabía cuánto seguía en el interior del cuerpo ni cuánto se habían llevado. Notó que los senos habían desaparecido, y que tenía las piernas extendidas, y parecía que la mayoría de su abdomen estaba vaciado. Tenía la cabeza girada hacia la puerta, y el cráter situado donde antes estaba su rostro parecía fijar en Kit una mirada acusadora. De forma discordante, la ropa de Kelly estaba bien doblada sobre una silla junto a la cama. Las dos mesitas desvencijadas estaban casi vacías.

Kit intentó no respirar demasiado hondo ni tragar. No era capaz de obligarse a acercarse a la cama, se limitó a pasear la mirada por la habitación, intentando retener cada detalle, cualquier cosa que pudiera analizar después en su cabeza, porque sabía que sus días en la policía metropolitana habían llegado a su fin.

Había prendas de ropa quemándose en la chimenea, y supuso que procedían de una cesta vacía colocada sobre una de las mesitas, una señal de que Kelly había llevado sus remiendos para entretenerse; observó las huellas de botas en la sangre y la suciedad, la ausencia de señales de lucha que sugerían que la joven había quedado inconsciente muy rápido.

Para cuando Makepeace, Wright y otros seis agentes sin aliento salieron en bloque del pasaje que daba a Miller's Court, había visto ya todo lo que quería ver en su vida y se había aposentado en uno de los viejos barriles que abarrotaban el patio.

Su inspector la miró con desconfianza.

—¿Cómo lo supiste? —preguntó.

Lo único que acertó a hacer fue encogerse de hombros y señalar hacia la puerta abierta. ¿Qué podía decirle, a fin de cuentas? ¿Que había sido ella quien había provocado aquello? ¿Que había arriesgado la vida de una mujer y la había perdido después de prometer que no lo haría? Makepeace la señaló con el dedo y le dijo:

—Esto no acaba aquí.

—Y que lo diga —murmuró Kit, dirigiéndose a su espalda que se alejaba.

El inspector y Wright desaparecieron en el interior de la pequeña habitación, su séquito se aglomeró en la entrada, maldiciendo mientras observaban con ojos como platos. Más de uno tuvo que buscar algún sitio en el que vomitar. Cuando Makepeace regresó, muy pálido, y atinó a recuperar el habla, solo acertó a decir:

—¿Por qué? ¿Por qué así? No es él, ¿verdad? ¿Es alguien, algo, nuevo?

Kit sacudió la cabeza.

—Es él.

—Pero...

—Lo hizo porque ella lo había estado evitando durante mucho tiempo. Se enfadó y se volvió rencoroso. Podría haber escogido otra víctima, pero ella se convirtió en una obsesión simplemente porque no era capaz de encontrarla. —Kit se puso en pie y se frotó los brazos, que se le habían quedado entumecidos de frío—. Se convirtió en un asunto personal, y no le gusta que lo desafíen.

Se pasó las manos enguantadas por el rostro y olió el cuero.

Makepeace estaba atrapado entre observar cómo sus agentes analizaban la habitación de la masacre y después salían a toda prisa, y la visión del doctor Bagster Phillips que se acercaba anadeando por el pasaje desde la calle Dorset, ocupando casi todo el espacio. La mirada inquisitiva del médico le indicó que estaba al tanto de las novedades. Kit no estaba de humor para ser sometida a más interrogatorios o miradas especulativas, así que hizo ademán de moverse.

—¿A dónde crees que vas? —la exhortó Makepeace.

Kit lo miró.

—Supongo que tendrán las manos llenas durante el resto de la noche. Ya no estoy bajo su mando y me voy a casa.

—Tengo preguntas que debes responder, Caswell.

—Ya sabe dónde encontrarme.

Kit se dio la vuelta y se alejó caminando. Los hombres que la rodeaban dejaron lo que estaban haciendo unos instantes y la observaron, pero ninguno hizo ademán de detenerla, ni siquiera Abberline cuando se acercó a la escena del crimen con los andares de un condenado.

Sabía que ya no la veían de la misma manera; de algún modo, se había transformado en una criminal. Se preguntó si se encontraría la silueta ensangrentada de Mary Kelly esperándola junto a la cama cuando llegase a casa.

XIII

El tiempo nunca pasaba así, de eso estaba segura.

Cada segundo parecía una hora, cada hora una eternidad, y el día simplemente se alargaba como si se hubiera transformado, convertido en una distancia inabarcable. Le parecía que llevaba desde siempre tumbada en la cama, paseando la mirada del dibujo de la alfombra al cuadro de la pared, a los listones de madera del armario, a la jofaina y el cuenco de flores sobre el lavabo, y de ahí al cojín bordado sobre la silla de la esquina.

No durmió; llevaba mucho tiempo sin dormir, pero el sueño seguía sin llegar. Cada cierto tiempo, los gritos de Louisa pinchaban la burbuja que la rodeaba, algunas veces su madre abría la puerta sin cerrojo estrellándola contra la pared, presa de la furia, y chillaba desde el pasillo, y otras veces vociferaba desde otros puntos de la casa. Los gritos solo se detenían cuando Kit escuchaba la voz tranquilizadora de la señora K, que persuadía a Louisa con promesas de un té y algo para calmarle los nervios. Kit esperaba que fuera láudano, una buena dosis que le permitiera dormir durante mucho tiempo y quizás olvidar lo que había hecho su hija.

Aunque ahí estaba el quid de la cuestión: Louisa no parecía recordar con exactitud qué era lo que había hecho Kit. Estaba furiosa, avergonzada y completamente segura de que los había hecho caer en desgracia, pero no era capaz de recordar qué había hecho. En realidad, era evidente que había sustituido su pecado por otro. Por lo que Kit había logrado descifrar de las diatribas de su madre, Louisa creía que su hija se había convertido en prostituta.

Había más acusaciones, cada cual más estrambótica que la anterior, pero ese era el meollo del asunto: Louisa estaba convencida de que Kit era una ramera, y nada de lo que dijeran los demás podía persuadirla de lo contrario. ¿No era por eso por lo que habían ido la señora K y ella a la comisaría? ¿Para pedir una investigación? ¿Para que la policía le impidiera a su hija seguir cometiendo esos actos tan horribles? ¿No había jurado Lucius (querido e inocente Lucius, que solo se preocupaba por el alma de su hermana) que eso era a lo que se dedicaba Kit?

Desde que había llegado a casa de madrugada, Kit no había ido a ver a su hermano. Lo había escuchado a través de la pared que compartían, llamándola durante un rato, pero no había logrado reunir fuerzas para contestar. No podía soportar mirarlo y saber que sus actos, dirigidos a salvarla a ella, habían condenado a Mary Kelly. Sabía que todavía no podía hablar con él sin dejarse llevar por el dolor que crecía en su interior. Si abría la boca, dejaría escapar algo espantoso, empujaría una pequeña parte (¡oh, solo un poquito!) hacia él para aligerar su propia carga. No podía hablar con él (no lo haría) hasta que fuera capaz de guardarse toda la ira y toda la culpa para sí misma. Hasta que pudiera mentirle y jurarle que él no había tenido absolutamente nada que ver en la tragedia que se había desplegado la noche anterior.

En algún punto, escuchó los ronquidos de Louisa, el trueno nasal que indicaba que se había tomado su «medicina». Poco después, llamaron a la puerta con indecisión y lo máximo que Kit logró fue apartar su atención de la acuarela de un campo de flores, un regalo del reverendo Caswell. La señora Kittredge merodeaba en el umbral, vacilante, como si no estuviera segura de ser bienvenida. Kit se aclaró la garganta y al fin recuperó la voz.

—¿Qué pasa, señora K?

No había pronunciado palabra desde que se había despedido de Makepeace la noche anterior. ¿La noche? ¿La mañana? ¿Acaso importaba?

—Katherine —empezó la mujer, y después se detuvo, entró en la habitación y apartó la silla que estaba junto a su cama para poder mirarla a la cara, como si eso fuera importante—. Kit, lo...

Ella enarcó una ceja; no estaba segura de sentirse preparada para ningún tipo de interacción, pero la señora K no le estaba gritando, no se comportaba de modo irracional, no era prisionera de su propia mente. La señora K quería tener una conversación, así que Kit pensó que lo mínimo que podía hacer era escuchar.

Se incorporó en la cama, apoyada contra las almohadas, consciente de que no se había quitado el uniforme... y de que tendría que devolverlo a la comisaría en algún momento, igual que la porra, el abrigo y el silbato y la linterna. Suspiró al pensarlo. Por lo menos las botas que descansaban en un rincón eran suyas (o más bien de su padre, gracias a que el reverendo tenía los pies bastante pequeños y Kit, bastante grandes).

—¿Sí, señora K?

—Kit, lo siento.

Kit parpadeó. Sus expectativas no contemplaban una disculpa.

—Siento tanto lo que hicimos. Yo creía que era lo correcto, nosotras... Tu madre tenía sus sospechas, y luego tu hermano nos contó lo que estabas haciendo en realidad... Ay, ya sé que ahora mismo la pobre no sabe por dónde le da el aire, pero ya volverá en sí... Creíamos que estábamos velando por ti. Pero... —hizo una pausa y sorbió por la nariz—, pero cuando te vi en aquella habitación, enfundada en tu uniforme, tan alta y tan correcta, supe que no necesitabas que te salvaran. Supe que eras tú la que estabas salvando a los tuyos, y que lo habíamos estropeado. Lo habíamos estropeado todo.

La señora K estalló en llanto. Kit habría querido acompañarla, pero las lágrimas no iban a solucionar nada. Le dio unas palmaditas en el hombro e hizo ruiditos tranquilizadores, consiguió emitir un «está bien» ahogado, que hizo que la mujer se rebelara.

—No lo está —contestó con énfasis—. ¡No está bien! Ahí me tienes, yendo a todas esas reuniones de mujeres, escuchando todas las arengas por el voto femenino y la igualdad, y voy y destrozo tu futuro, los pasos que habías dado en un camino que no se nos permite a ninguna de nosotras.

—Pero yo pensaba que iba a la iglesia y a sesiones espiritistas, señora K —dijo Kit, desconcertada.

Al imaginarse a su casera como una defensora de los derechos de las mujeres, comprendió que no la conocía en absoluto. La señora K pareció un poco ofendida y después avergonzada.

—Bueno, sí que voy a sesiones espiritistas, pero ¿dónde crees que tenemos las reuniones sufragistas? ¿Cuál es el sitio más seguro del mundo? Una iglesia. De todas formas, lo que necesito contarte no es sobre ir a la iglesia ni los grupos de mujeres, sino de las sesiones espiritistas. Ya sabes que conseguí hablar con mi querida y anciana madre.

Kit no lo sabía, pero asintió de todas formas. Le daba vergüenza saber tan poco de la mujer que había pasado tanto tiempo ocupándose de su madre y de su hermano. Le parecía una deslealtad tremenda.

—Pues bien, esa pobre amiga tuya, Mary Jane, ya sabía yo que la conocía de algo. De las sesiones espiritistas, Kit. Traen personas sensibles... médiums que pueden ponerse en contacto con los espíritus, y los espíritus hablan a través de ellas. Tu Mary Jane era una de ellas.

Kit sintió que se le erizaba el vello de la nuca. Sesiones espiritistas... Las videntes no actuaban gratis. Era un trabajo remunerado que no implicaba que un hombre al que apenas conocías te estampara contra la pared. La clase de trabajo que Mary Jane, que con solo tocar las manos de Kit había accedido a sus mayores secretos, podía hacer sin despeinarse. La clase de trabajo que todas las brujas de Whitechapel probarían, si se les diera la oportunidad. ¿Era así como las había encontrado el presunto Jack?

—Señora K, ¿reconoció a alguna de las otras víctimas? Cuando los periódicos sacaron sus fotos, ¿reconoció alguno de los rostros? ¿Podrían haber acudido también a las sesiones, como videntes?

La señora K pensó largo y tendido y al final asintió como si hubiera tomado una decisión difícil.

—Perfectamente podrían haber sido ellas, Kit. Perfectamente, al menos una de ellas... A veces olían a ginebra al llegar y no parecían mujeres decentes, pero eran muy buenas videntes. Tu Mary Jane me dio la mejor conexión que había tenido con mi madre en años.

—¿Recuerda a alguien más allí, algún hombre que prestara especial atención a esas mujeres?

La señora K sacudió la cabeza.

—Hay mucha gente distinta, muchos grupos diferentes, Kit. No se me ocurre nadie... pero claro, yo tampoco voy a relacionarme con los vivos.

Así que el asesino podría haber estado en alguna de las mismas sesiones espiritistas que la señora K, aunque Londres era un auténtico hervidero de gente desesperada por ponerse en contacto con el otro lado. Kit suponía que era casi inevitable tropezarse por lo menos con una vidente auténtica entre todas las estafadoras y farsantes. Y Jack, fuera quien fuese, seguro que había acudido a algún sitio en el que había sido testigo del poder de las mujeres de Whitechapel y las había seleccionado para lo que estuviera tratando de conseguir.

—Señora K —dijo Kit, sacando los pies de la cama—, necesito salir un rato. ¿Puede hacerse cargo del manicomio entre tanto?

La casera se irguió y echó los hombros hacia atrás; al parecer, consideraba la tarea una oportunidad de redimirse.

Para cuando Kit localizó a Bagster Phillips, tras deambular por todas partes, ya era la última hora de la tarde. Solo después de acudir al depósito de cadáveres de la calle Old Montague descubrió que habían llevado el cuerpo de Kelly a la morgue de Shoreditch. Llegó allí cuando la autopsia estaba más que finalizada y solo quedaba un ayudante que le indicó, a cambio de un soborno de proporciones escandalosas, que a Bagster Phillips se había unido el doctor Bond, un pedante insoportable. Aunque al empezar no paraban de cruzarse críticas, al final de sus esfuerzos combinados parecían haber alcanzado un compañerismo forjado en la sangre y las vísceras de Mary Kelly. Ambos se habían quedado pálidos y silenciosos cuando terminaron de analizar los espantosos restos mortales de la mujer, le comentó el asistente con un regocijo malsano.

Kit sabía que Bond no querría tener nada que ver con ella, pero cabía la posibilidad de que Bagster Phillips sí. Cuando por fin lo encontró en el Angel and Crown, tenía aspecto de haberse esforzado mucho por borrar cualquier recuerdo de su trabajo de la mañana. Le dirigió una mirada empañada y después le señaló la silla de al lado con un gesto que evidenciaba su embriaguez. Se humedeció los labios (sin lascivia) y masticó por un momento, como si tuviera la boca llena de algodón, para después abrir los ojos de par en par e intentar enfocar la vista. Un dedo grueso se sacudió hacia ella.

—Siempre me pareció que había algo distinto en usted, Caswell.

—Todos los hombres son genios a posteriori, doctor Bagster Phillips —contestó ella con delicadeza, con el bolso colocado en el regazo en ademán femenino, y él sonrió.

—Solía pensar en el jovencito tan guapo que era, y mira por dónde, aquí está, una jovencita un poco menos guapa. —Se rio entre resoplidos—. Apuesto lo que sea a que hay unos cuantos polis suspirando aliviados al descubrir que el muchacho al que habían estado mirando un poco demasiado es, en realidad, una dama.

—Apuesto a que el agente Airedale no es uno de ellos —respondió ella, y él soltó una carcajada tan sonora que casi disimuló el pedo que la siguió.

—¡Santo cielo! Mis disculpas —dijo, y sacudió una mano. Kit dudaba de si la ventosidad era peor que el olor que salió de su boca cuando eructó—. Sí, desde luego se ocupó a conciencia de ese orangután. Asumo que con razón.

—Doctor Bagster Phillips... —empezó ella—. Doctor Bagster Phillips, ¿encontró algo en la autopsia de Mary Kelly?

El médico parecía anegado por la pena.

—Pobre muchacha. Pobre niña, no se merecía eso.

—¿Qué se llevó?

—¿Llevarse? —El forense parecía confundido.

—Su souvenir, doctor. Se ha llevado algo de cada una, como bien sabe.

Él sacudió la cabeza, pero después contestó:

—Su corazón. Su pobre corazón había desaparecido. Y el bebé.

A Kit le dio una sacudida el estómago, la que no había notado ni siquiera cuando vio los restos mortales de Kelly.

—¿Estaba embarazada?

Él asintió mientras le resbalaban las lágrimas por el rostro.

—Doctor, el arma... no era una bayoneta, ¿verdad? Quiero decir, había demasiado... Los cortes... Vi...

Él asintió despacio.

—¿Entonces podría haber usado un bisturí? —prosiguió Kit—. Le he visto usar uno cuando la sierra no sirve...

Bagster Phillips resopló; Kit notaba que la idea de que el asesino pudiera dedicarse a la profesión médica lo volvía profundamente desdichado, pero al final estuvo de acuerdo.

—Podría haberlo sido. Pero no es un médico, Caswell, es un carnicero, no se equivoque.

—Oh, no, lo sé bien, doctor Bagster Phillips, créame.

Kit se levantó, pero él la detuvo posando una mano rolliza en su brazo. Ella enarcó las cejas.

—Tenga cuidado, Caswell. Ahí fuera hay un hombre al que no le gustan nada las mujeres.

Kit asintió y le dio unas palmaditas en el hombro, y después lo dejó para que se tomara el siguiente trago de ginebra.

Fuera, en el frío de la tarde, miró de reojo el reloj de bolsillo de su padre, que había empezado a llevar tras la muerte de Mary Kelly, a pesar de las protestas de Louisa. Si era rápida, todavía le quedaba tiempo para acercarse a la tienda de Limehouse y hacerle una última petición al señor Wing. En caso necesario, le diría que la deuda quedaba saldada por completo tras esa última ayuda. Se preguntó si sería suficiente.

XIV

Se le escapaba algo. Estaba convencida. Algo que tenía en la cabeza, seguro, algo que sabía, pero era incapaz de comprender su importancia... algo que se negaba a ser descubierto. Examinó cada minúscula migaja de información, sin importar lo insignificante que le pareciera —tanto para distraerse de la negativa anterior, educada pero firme, como para encontrar una solución—, y aun así su memoria se negó a obedecerla.

Tras dejar al doctor Bagster Phillips ocupado con su bebida, se había dirigido a la botica, donde se había topado con la puerta cerrada y ni rastro del señor Wing en el interior. Hicieron falta golpes insistentes para que este hiciera acto de presencia y la mirara sacudiendo la cabeza al otro lado de la ventana. Al final, cuando resultó evidente que estaba buscando algo a su alrededor con lo que romper el cristal, el anciano se rindió y abrió la puerta, pero solo una rendija, sin invitarla a pasar.

Kit estaba agotada y helada hasta los huesos, sentía que el frío se había asentado en ellos y ya nunca iba a abandonarlos, sin importar la cantidad de fuegos ardientes frente a los que se sentara o la cantidad de cálidas mantas en las que se envolviera; pero no lo presionó, se limitó a preguntar sin preámbulos:

—¿Dónde está el niño? El muchacho que me avisó de la víctima en Duffield's Yard. El que me llevó el arma.

El señor Wing emitió un ruido exasperado, y Kit supo que estaba muy cerca de acabar con su paciencia.

—¿Por qué lo pregunta, señorita Katherine? ¿Qué motivo puede tener para necesitar esta información?

—Lo pregunto porque creo que vio al hombre que mató a Elizabeth Stride. Creo que vino a buscarme por iniciativa propia, no creo que lo enviara usted en absoluto. Creo que me buscó porque estaba aterrorizado, demasiado aterrorizado para contarme nada más, pero no lo suficiente como para no querer que alguien lo supiera. —Kit se aferró al marco de la puerta para que no pudiera cerrarla sin hacerle daño—. Creo que cuando lo vi anoche cometió un error que luego ocultó. Dijo «la vi» y después se corrigió y dijo «vi su cadáver». Pero yo creo que se refería a que había visto cómo la asesinaban.

—Qué idea tan interesante, señorita Katherine. Quizás debería mencionárselo a la policía.

Aunque su voz era tan monótona como su mirada, Kit supo que estaba al tanto de lo ocurrido, de que había perdido su trabajo, de que todo era distinto.

En ese momento, se rindió y se fue antes de que el señor Wing le dijera que ya no disfrutaba del privilegio de un sitio en el almacén. Sinceramente, ya había perdido suficiente. No estaba preparada para que otra cosa más se le escapara entre los dedos.

Después, sentada en la salita mientras afuera caía la noche, acercaba al fuego los pies enfundados en medias tanto como podía, en un intento por fundir el hielo de lo más profundo de su ser. La señora K había sido muy considerada y le había proporcionado tragos de oporto y tazas de té, que la habían ayudado en parte, aunque Kit se preguntaba si no sería más bien que el alcohol había atenuado sus sentidos. A lo mejor era por eso por lo que no conseguía identificar aquella pista esencial.

Estaba tan sumida en sus pensamientos que no escuchó cómo llamaban a la puerta, y no volvió en sí hasta que la señora K apareció en el umbral, serena, con la sombra de alguien asomando tras ella.

—¿Katherine? Kit, tienes visita, un caballero.

La señora K se retiró y Makepeace ocupó su espacio. Kit se rio en voz alta ante la idea de que su antiguo jefe pudiera ser un caballero que la visitaba. El inspector sujetaba el bombín entre las manos, dándole vueltas como si fuera la mejor manera de mantenerlas ocupadas. Ella se quedó perpleja ante su conducta. Tenía todo el derecho a entrar disparado e interrogarla como a un criminal cualquiera, de hecho, llevaba todo el día esperando su llegada; casi había esperado encontrárselo echando chispas de furia al regreso de su excursión. Quizás era la presencia de la señora K lo que mantenía su ira a raya.

Kit metió con cuidado los pies bajo las faldas e hizo un asentimiento para que Makepeace pasara. La señora K salió muy ajetreada, murmurando algo sobre té y galletas. Kit se preguntó fugazmente cuándo habría sido la última vez que su casera había pisado su propia cocina en el piso de arriba, o si ya se habría mudado de forma definitiva a la suya en el piso de abajo.

Makepeace se acomodó en el sillón orejero situado frente a Kit y se tomó su tiempo para cruzar las piernas y colocarse el sombrero sobre la rodilla. Se apoyó en el cojín con más bultos y trató de ponerse cómodo. Ella lo observó divertida mientras se retorcía todo lo que podía retorcerse un hombre que medía sus buenos casi dos metros, intentando obligar a aquel objeto a cumplir su función y mantener los buenos modales a la vez. Kit acabó por apiadarse de él.

—Solemos tirarlo al suelo y ya está.

—Gracias a Dios. —El inspector se lo sacó de detrás de la espalda y lo lanzó al suelo junto al sillón—. Nunca entenderé la pasión femenina por los cojines, Caswell.

—Ya somos dos, señor —contestó ella, dejándose llevar por la costumbre—. Aunque supongo que «señor» ya no es adecuado. Lo correcto sería «señor Makepeace».

—Edwin, si lo prefiere —ofreció él con torpeza.

Kit estaba estupefacta ante la ausencia de enfado, ante su falta de agresividad. A lo mejor el verla con un vestido, sabiendo que se suponía que debía llevarlo, lo apaciguaba y restablecía sus modales caballerosos habituales.

—Imagino que ha venido hasta aquí, señor Makepeace, para hacerme algunas preguntas difíciles. —Kit jugó con el borde de la manta de ganchillo que tenía sobre el regazo, trazando con delicadeza los puntos—. Las responderé, por supuesto.

—Bien, es un alivio —contestó él con sequedad, y se inclinó hacia delante—. ¿Cómo lo supo? ¿Cómo supo que estaría allí, que iría a por Kelly?

Se lo contó todo, desde su primer encuentro con Kelly hasta el descubrimiento de que existían brujas entre las prostitutas de Whitechapel; el rostro del inspector era un poema de incredulidad, pero a Kit no le importó. Le habló de la carta que había recibido y del acuerdo que había alcanzado con Mary Jane, y le contó el espeluznante final de esa alianza y sus consecuencias, aunque él ya las conociera. Decidió que contar una y otra vez la historia de su propio fracaso era el castigo más ligero que podía autoinfligirse.

—¿Y no me dijo nada de todo esto porque pensaba que la tomaría por loca? ¿Todas estas tonterías sobre brujas?

—¿No lo está haciendo ahora? —suspiró—. No importa. Ya no tengo nada que ocultar ni nada que perder. Ha conseguido lo que quería... Mary siempre decía que solo necesitaba cinco, que hay magia en ese número, como las puntas de una estrella; es lo que se necesita para las invocaciones y para hacer peticiones. Eso era lo que ella creía que estaba haciendo... por eso se guardaba pequeños trozos de las víctimas a los que sus almas pudieran aferrarse, al menos hasta que hubiera conseguido lo que quería a cambio de esa moneda.

—¿Y por qué todo esto... Katherine? —Señaló su ropa, el uniforme que no estaba allí—. ¿Por qué el disfraz?

No compartiría con él los detalles, el cómo de su doble vida, el almacén o la ayuda del señor Wing; esos secretos no eran solo suyos.

—¿Pretende decirme, señor Makepeace, que si hubiera irrumpido en la comisaría de la calle Leman con mi vestido de polisón y mi capota y le hubiera pedido trabajo, habrían tomado en serio mi petición? ¿Que no me habrían puesto de patitas en la calle entre carcajadas? ¿O me habrían amenazado con internarme en el manicomio hasta que cambiara de ideas y forma de actuar? Tengo varias bocas que alimentar, señor Makepeace; ¿sabe cuánto cunde el salario de una aprendiz de sombrerera cuando debe servir para tres personas, una de ellas enferma y la otra cada vez más...? —No terminó la frase—. Hice lo que tenía que hacer. No —se corrigió a sí misma—. Hice lo que quería hacer.

—Hizo lo que creía que era correcto.

—¿Lo correcto? ¿O lo que más me convenía? No piense que no sé hasta qué punto lo ocurrido es culpa mía. Si no hubiera estado tan obsesionada con guardar mis secretos, esto podría haberse terminado hace mucho. Soy muy consciente de que me puse a mí misma y a mi familia por encima de las vidas de las prostitutas, porque soy tan mala como cualquier hombre, porque no las valoré lo suficiente. No consideré que merecieran estar tan seguras como yo, aunque no lo dijera; creí que de alguna manera se habían ganado la violencia ejercida sobre ellas a causa de la naturaleza misma de sus vidas. Las juzgué y decidí que valían menos que los míos y que yo, señor Makepeace, y tendré que vivir con ello cada maldito día del resto de mi vida. —Cuando el hombre hizo ademán de contradecirla, lo señaló con el dedo—. Y no me diga que no pensó lo mismo... que valen menos, esas mujeres. Si no fuera así, no estaría aquí sentado tan tranquilo mientras me interroga, actuando como si lo que he hecho no fuera peor que robar una bolsa de caramelos.

»Usted no considera que valgan lo suficiente como para enfadarse; está más furioso porque este hombre se haya atrevido a desafiarlo y sembrar el caos en sus calles, porque haya hecho quedar a sus hombres como idiotas, que por la pérdida de las vidas de esas mujeres. Niéguelo y sabré que es un mentiroso.

Al inspector se le pusieron blancos los labios, y Kit pensó que había llegado demasiado lejos, pero no perdió los estribos ni negó sus acusaciones.

—Café y pastas —anunció la señora K, entrando con una bandeja.

Al posarla en la mesita junto al sillón de Kit, las cucharitas tintinearon sobre los platillos de porcelana, armando un pequeño escándalo.

—Gracias, señora K —dijo Kit, en un tono que indicaba a las claras que la mujer debía abandonar la habitación lo antes posible.

Mientras servía el líquido marrón oscuro en una taza con dibujos de rosas, Makepeace dejó caer los hombros y dijo:

—La oí.

—¿Qué?

—La oí cuando Airedale la escoltaba al calabozo. Estaba en el almacén de detrás de la entrada y escuché cómo le decía a Wright que me encontrase. Lo escuché y lo ignoré. Pensé... «Que te sirva de lección, listilla, por intentar reírte de mí».

El inspector fijó la vista en el sombrero colocado en posición precaria sobre su rodilla.

—¿Cuánto hacía que lo sabía? —preguntó ella.

—Desde la noche del doble suceso. Vine a ver cómo se encontraba. Estaba en la acera de enfrente, y ¿qué me encuentro en lugar de al agente más brillante a mi cargo? A una mujer alta en camisón, congelada en el umbral de su puerta, mirando cómo se aleja una prostituta por Lady's Mantle Court Road.

—¿Lo supo todo ese tiempo? ¿Y no dijo nada? ¿Y aun así me escuchó cuando le conté lo de los souvenires? —inquirió ella, atónita.

Él se encogió de hombros.

—Su teoría tenía sentido, y yo ya sabía que no era ninguna idiota. Supuse que el cambio de sexo no cambiaría eso.

—Gracias —dijo ella en voz baja, agradecida.

—Pero estaba molesto con usted. Muy molesto. Cuando Abberline la encerró, no intervine. Pensé: «Se lo tiene merecido». —El inspector se frotó la cara, y Kit reconoció el sonido de la piel al rozar contra el pelo áspero y grueso que llevaba demasiado tiempo sin afeitar—. Así que, cuando reparta las culpas, no se olvide de la parte que me corresponde. Soy yo quien permitió que la encerraran. Soy yo quien permitió que Airedale se deshiciera de usted (aunque juro que no sabía que la había golpeado), así que soy igual de culpable de la muerte de Kelly.

Kit posó la mirada en sus propias manos, se puso a buscarse suciedad bajo las uñas, cualquier cosa con tal de no mirarlo a él. Estaba resentida, pero sabía que en realidad no tenía derecho; no importaba. Había sido ella quien había vivido una mentira, la que había decidido arriesgar la vida de otra mujer. Era todo culpa suya.

De pronto se sintió agotada. Llevaba sin dormir desde que había encontrado el cadáver de Kelly; lo único que había hecho era esperar mirando al techo, a la puerta, a las paredes, con la esperanza de que Kelly irrumpiera y apareciera ante ella a pesar de su falta de visión sobrenatural, para poder explicarle lo que había ocurrido, que no la había traicionado y abandonado a la oscuridad.

—Señor Makepeace, creo que necesito retirarme.

El inspector asintió lentamente y se puso en pie, dudando hasta que ella le ofreció la mano, que retuvo un poco más de lo necesario, incapaz de encontrar las palabras adecuadas. Kit lo acompañó hasta la puerta y la abrió justo cuando un niño chino menudo estaba a punto de llamar. El pequeño abrió los ojos de par en par al verlos y Kit pensó que iba a salir corriendo, pero logró serenarse.

No era el chico que ella había estado buscando, pero le pareció reconocerlo de otras ocasiones. Se sacó un sobre grueso color nacarado del pantalón y se lo entregó en mano, después echó a correr sin más explicación.

—¿Qué es eso, señorita Caswell? —preguntó Makepeace.

—El señor Wing, el boticario, nos envía hierbas para Lucius y a veces también para los dolores de cabeza de madre —sonrió ella, sacudiendo el sobre con delicadeza—. Es un hombre muy atento.

Edwin Makepeace asintió, se puso el sombrero y se despidió de ella. Kit lo observó irse a grandes pasos, sin querer cerrar la puerta demasiado rápido para que no sospechase que hubiera algo distinto a lo que quería hacerle creer.

De vuelta en la salita, se encontró abriendo una misiva misteriosa por segunda vez, aunque al menos en esa ocasión sabía quién la había enviado. Dentro había una carta y una llave.

En una única hoja de fino papel de arroz, la encantadora caligrafía del señor Wing le explicaba con sencillez que había aparecido el chico con el que quería hablar. Que lo habían asesinado. Que la policía no tenía el menor interés en encontrar al asesino. Le escribía que sí, el chico había visto exactamente lo que ella creía, pero no tenía un nombre que darle, esa era una mercancía con la que no trabajaba. Lo único que tenía era la llave incluida en la carta, que abría la trampilla del suelo y la puerta de abajo. Al final de la hoja había un mapa, una obra de arte en miniatura de trazos delicados.

Kit sintió una punzada de dolor en la cabeza y le bailaron puntos negros delante de los ojos. Huellas de botas embarradas en el suelo del almacén, un hueco en la parte izquierda de la suela derecha. Huellas de botas ensangrentadas en el 13 de Miller's Court, la misma marca. Justo lo que había tenido delante de sus narices todo ese tiempo, escondido a simple vista, uno de los cientos de detalles cotidianos que flotaban en su mente.

Respiró hondo y se serenó. Todavía tenía su equipación, el arma y el puño de latón. Le había sorprendido que Makepeace no le exigiera la devolución de las pertenencias de la policía metropolitana. En su habitación, sacó del fondo del armario un viejo traje de tweed que había pertenecido a su padre y se vistió con esmero. Un vestido no resultaba adecuado para el trabajo de aquella noche. Se anudó las botas y se protegió el cuello con una bufanda gruesa. Se deslizó en el abrigo, sintiendo el peso del revolver todavía ahí agazapado, y después colocó el puño y la porra en el otro bolsillo para que no hubiera ningún percance por descuido.

Le dijo a la señora K que iba a salir y que no se preocupase, aunque Kit sabía que lo haría, pero que no la detendría. La casera se quedó en la escalera de la entrada, una silueta robusta recortada contra las luces del interior. La linterna de Kit iluminó el camino mientras bajaba los escalones oscurecidos por la niebla, una estrecha franja de esperanza solitaria que perforaba aquella oscura noche de luna.

XV

La cerradura se abrió con el murmullo de un chasquido. Kit levantó la trampilla y observó el agujero oscuro a sus pies. Inclinó el haz de luz de la linterna hacia abajo y vislumbró una escalera metálica, paredes de ladrillo brillantes de humedad y un camino asfaltado unos tres metros más abajo. El olor que ascendía le indicó que formaba parte del alcantarillado. Se ajustó la bufanda sobre la boca y la nariz; eso ayudaba un poco.

Enfrentarse a los escalones resultó complicado, porque intentaba aferrarse al mismo tiempo a la linterna (sin la cual estaría perdida) y a la escalera. Una vez resbaló y estuvo a punto de caer y soltar la linterna, pero se recuperó entre jadeos, aunque quedó colgada del hombro herido, que hasta ese momento se había estado curando bien.

Cuando llegó abajo, estudió el mapa del señor Wing a la luz de la linterna. Dio gracias por no tener que alejarse demasiado; el boticario había tenido la consideración de marcar el número de pasos que tenía que dar hasta girar a la izquierda, después a la derecha y después izquierda, izquierda otra vez, hasta que se encontró frente a una pesada puerta reforzada con tachones oxidados. La puerta de abajo.

Kit se acercó de puntillas y posó la oreja sobre la superficie fría, sintiendo una película pringosa contra la mejilla. No oía nada al otro lado, pero tras ella, en los túneles que había atravesado, le pareció escuchar un chapoteo. Una rata. Cerró los ojos y la recorrió un escalofrío.

Colocó la linterna sobre el suelo empedrado para rebuscar en el bolsillo la llave de la trampilla; cuando la introdujo en la cerradura, le sorprendió descubrir que no hacía falta: la puerta se abrió al tocarla.

Dentro se encontró con una cámara bien iluminada por candelabros de oro y plata (sin duda robados), cubiertos de cera derretida. En el centro de una gran alfombra persa muy desgastada había un sillón maltrecho con una manta de pieles doblada en el asiento. A su lado, una mesa amplia sobre la que se acumulaban montones de libros y viales, morteros e ingredientes secos, cosas indeterminadas en frascos de muestras y afilados instrumentos quirúrgicos en un maletín abierto de cuero, resplandecientes contra el forro de terciopelo morado, reflejando un sinnúmero de llamas.

Contra todo pronóstico, la habitación estaba caliente, y se había quemado tanto incienso que casi lograba ahogar la peste a cloaca. En la pared más alejada había un arco del que colgaba una gruesa cortina morada. Tras abandonar la linterna donde la había posado, Kit entró en la estancia, deslizó una mano en el bolsillo del abrigo, agarró el revolver y lo amartilló sin sacarlo; el arma emitió un clic distintivo.

Kit se quedó quieta, pero no hubo ningún movimiento, nadie se lanzó sobre ella para detenerla, así que volvió a respirar y apartó la cortina a un lado.

Se encontró con una habitación más pequeña, iluminada igual que la primera, pero vacía excepto por un altar circular bajo situado en el centro, con un pentagrama dibujado. En cada punta del pentagrama había un frasco de unos diez centímetros de alto, en cuyo interior danzaba una luz blanca azulada, y delante de cada frasco había una masa inidentificable en descomposición. Kit podía imaginarse lo que habían sido: una laringe, un útero, un riñón, un dedo, un corazón.

En el centro había un largo cuchillo plateado y un triste pedazo de carne, de unos diez centímetros, como un gusano gordo; bracitos minúsculos, piernecitas minúsculas, cabeza demasiado grande... no tendría oportunidad de crecer.

Kit tragó y centró su atención en el hombre de pie junto a aquella composición, que le sonreía.

—Hola, agente Caswell. —Andrew Douglas había perdido su fachada de civismo desde la última vez que lo había visto. O quizás era simplemente que en aquella ubicación regresaba a su verdadero ser. Allí no se ocultaba bajo un barniz de sofisticación. Allí no era la apreciada mano derecha de un hombre rico y famoso. Allí era una rata a gusto entre los suyos—. ¿Qué tal se encuentra su hermano?

Kit se aclaró la garganta, pero no le salió la voz. Debería dispararle, lo sabía. Tendría que acabar con él y ya está, pero necesitaba —las brujas necesitaban— entender el por qué. Merecían que alguien fuera testigo, algún tipo de reconocimiento, aunque fuera efímero y compuesto de simples palabras.

—¿Se te comió la lengua el gato? Ahora que lo pienso, si hubieras tenido algún poder, por pequeño que fuera, podría haberte cazado a ti y quedarme con esa lengua de entrometida. —Se rio de su propio chiste y después sacudió la cabeza con pesar—. Pero no tienes nada, ¿verdad? Ni el menor destello. No me sirves para nada... puede que al menos me entretengas.

—¿Por qué? —logró preguntar Kit, con voz débil y la garganta desgarrada. Probó de nuevo—. ¿Por qué todo esto? ¿Por qué esas pobres mujeres?

—Pobres mujeres, pobres mujeres —canturreó él, entonando una nana lúgubre—. Ellas eligieron su camino, Katherine... Es Katherine, ¿verdad? Ah, sí, leí todas las cartas que le mandaste a sir William, qué descripción tan conmovedora de la enfermedad de tu hermano, cómo dejó de caminar tras la muerte de tu padre y tus sospechas de que pudiera ser psicológico. Qué chica tan lista —dijo con admiración—. No las compartí con él, por supuesto, tus problemas son demasiado pequeños para un hombre de su calibre, pero me proporcionaron mucho entretenimiento, me dio mucha pena que dejaras de escribir.

»Imagina mi sorpresa al encontrarme en nuestra puerta con un agente de policía con el mismo apellido. ¿Qué probabilidades había de que una tal Katherine Caswell tuviera otro hermano llamado Kit? Quedé fascinado, así que busqué las cartas antiguas y me acerqué a tu domicilio. Y ahí estabas, tan descarada en tu camisón, y ahí estaba ella también, la encantadora Marie Jeanette en toda su gloria callejera. Supe que ella era la que necesitaba. Y después fue y se escondió, la muy zorra.

—¿Por qué? —preguntó Kit de nuevo, odiando su tono suplicante, su debilidad y su miedo, el poder que le concedía al dejarle ver que sentía miedo, que quería una explicación antes de llegar al final.

—El querido sir William, el gran sir William, está enfermo. Lo he intentado todo para ayudarlo, todas las curas, todos los remedios, todos los elixires. Lo he probado todo y nada ha funcionado.

Kit percibió, por fin, un indicio de sinceridad, una locura atemperada por la razón, a pesar de estar mal concebida.

—Pero tú no eres médico, y sir William es un anciano. Ha sufrido varias apoplejías... son la progresión y deterioro naturales del cuerpo. No puedes detener la vejez.

Él levantó el dedo como un director de orquesta levanta la batuta o el director de la escuela, la vara.

—Puede que no sea médico, pero soy algo distinto, mejor, más poderoso. Soy un hechicero. Puedo invocar ángeles y demonios, tengo almas que ofrecer a cambio de buena salud para sir William durante muchos años.

—Apenas puedes invocar a la criada para que traiga el té. Si tuvieras algún poder propio, no te habría hecho falta robárselo a esas pobres desgraciadas —dijo Kit, incapaz de resistirse a provocarlo—. Les robaste, igual que a sir William (sus bisturís, sus candelabros), así es como le has recompensado. Esas mujeres poseían tan poco... y hasta eso se lo arrebataste.

—¿Qué son sus vidas inútiles comparadas con la de él? ¿A cuántos ha salvado? Él, que me salvó de la calle, de la pobreza. Él, que me crio y me convirtió en su confidente más cercano. —Sus gritos le hacían daño en los oídos en aquel espacio tan reducido—. ¿Y acaso no las reconocía yo? ¿No sabía yo lo que eran cuando las veía?

—Las viste en las sesiones espiritistas, farsante. Viste cómo utilizaban sus habilidades, no descubriste sus secretos por arte de magia. Viste lo que ellas mostraban en público.

El hombre temblaba de rabia, pero pareció contenerse antes de continuar.

—La primera fue difícil, no estaba seguro de nada más allá de mi misión. Pero se volvió más fácil. Tan fácil que se lo hice a dos en una noche, a pesar de tu interrupción. —Sonrió orgulloso—. Y luego la última, tu Mary Jane, esa fue una delicia. Ahí fue cuando descubrí que le había cogido el gusto... ya no solo por el objetivo, ¡sino a la actividad misma! Cortar y cercenar, ah, y los colores, señorita Caswell. ¿Qué tal está tu hermano, por cierto?

Kit estaba desconcertada por aquellas preguntas recurrentes, hasta que comprendió su propósito: quería escuchar que Lucius había mejorado, que se estaba restableciendo. Que Kit había aceptado el pacto prometido por Douglas, que Lucius se estaba recuperando y que el poder de Douglas se había confirmado... No tenía forma de saber que la habían retenido aquella noche, que no había tenido intención de aceptar el trato.

—Está peor. Mucho peor. El médico cree que podría morir.

El hombre dio un paso atrás, como si lo hubieran abofeteado.

—Eres un inútil, no tienes ningún poder. Todo esto ha sido para nada —bufó Kit.

Vio la ira brotar de nuevo y derramarse por el rostro de Douglas. Este agarró el cuchillo del altar y se lanzó sobre ella justo cuando Kit consiguió sacarse el arma del bolsillo y disparar. Le llegó el olor a pólvora, a lana quemada, y Douglas se tambaleó cuando la bala lo alcanzó en la parte baja de la cintura, pero siguió avanzando hacia ella. El puñal le cruzó el pecho, cortando abrigo, chaqueta, camisa y carne a su paso, casi hasta llegar al esternón; después Douglas dio un paso atrás y se lo clavó hasta la empuñadura en el hombro herido. Kit gritó. Su atacante se echó a reír y retiró el arma, alzándola para asestarle otra puñalada.

Ella se alejó dando tumbos, el dolor la abrasaba. Llegó al altar a trompicones y le fallaron las rodillas; al sacudir los brazos, tiró las botellas resplandecientes al suelo. Douglas aulló furioso mientras todas y cada una de ellas se hicieron añicos contra las losas de piedra. Kit intentó levantarse para defenderse, encontrar el arma que había caído en las profundidades de su bolsillo, pero se derrumbó de lado, y su cabeza aterrizó junto a la amalgama de cristales rotos y espíritus diseminados.

Observó cómo varios destellos de un blanco azulado giraban y se elevaban en una espiral hasta fusionarse en una sola lengua de fuego. Douglas emitió un sonido inarticulado, y Kit adivinó que en el fondo no se lo había creído. Su desesperación, su locura y su esperanza mal dirigida habían sido su motivación. Bueno, pensó ella adormilada, ahora los dos sabían la verdad.

Un charco de sangre se formaba bajo su cuerpo, notaba las extremidades pesadas como el pecado y estaba hipnotizada por el infierno azul que se acercaba a ella. Después llegó a su pecho, y sintió fuego y hielo en su carne expuesta, y después... Después estaba dentro de ella. Rugiendo por sus venas, quemándola viva, y ¡las voces! ¡Las voces! Un coro de alegría y redención, de libertad y alivio, todo ello avivado por un oscuro deseo de venganza.

Solo reconoció a una de ellas: Mary Jane Kelly parloteaba en su cabeza, dirigiendo a las demás, diciéndoles lo que tenían que hacer.

«No te traicioné —pensó Kit—. Lo siento tanto, Mary Jane, pero no te abandoné».

Y, en su cabeza, escuchó esas cadencias armoniosas y cantarinas en la respuesta: «Si no lo supiera, ¿te crees que estaría aquí, so bruta? Y ahora cállate, nos estamos concentrando».

Kit sintió que algo la elevaba, se sintió flotar cada vez más alto, hasta que pendía, cruciforme, a medio metro del suelo; la luz restallaba a su alrededor, chispeante como la de una hoguera. Frente a ella, Andrew Douglas estaba de pie con la boca desencajada, la razón había abandonado su mirada.

La observó cernirse sobre él mientras el fulgor palpitante se alimentaba de sí mismo, se concentraba en el pecho de Kit y salía disparado como una bala de cañón para prenderlo en llamas. El fuego de bruja no había dañado la piel de Kit, pero incineró a Douglas, lo devoró de la piel a los huesos, hasta que no quedó más que una pila de cenizas humeantes donde había estado en pie.

Kit, todavía suspendida en el aire, vislumbró un rostro en el umbral de la puerta. Makepeace, con la incredulidad y la consternación pintadas en sus facciones. El momento pasó, y Kit cayó como una piedra con un golpe seco. Su último pensamiento antes de perder el conocimiento fue que tendría que haber hablado con Lucius una última vez.

XVI

—Vaya, Kit Caswell, veo que las cosas le van mucho mejor.

Habían pasado casi seis semanas desde el día en que Makepeace (lo bastante escamado como para esperar a la intemperie y seguirla hasta el almacén) la había sacado de las alcantarillas, entregándola después a los tiernos cuidados del hospital Guy, donde le había subido la fiebre de inmediato y había procedido a debatirse entre la vida y la muerte durante días.

La última vez que el inspector la había visitado fue la mañana en que la fiebre remitió, y Kit comenzó su cruzada para que la mandaran a casa: se volvió absolutamente insoportable hasta que le dieron el alta. Según la versión de Thomas Wright, fue entonces cuando el inspector se dedicó a atar, con bastante creatividad, los muchos cabos sueltos de la investigación del Destripador, una vez supo que Kit estaba fuera de peligro.

Brusco y paternal, al parecer Wright había aceptado el hecho de que Kit era una chica y se había convertido en un visitante frecuente, arrastrando a su mujer y a sus hijos a verla al hospital como si fuera una especie de atracción circense.

Abberline le había enviado flores; Kit no estaba segura de cuánto sabía en realidad, ni le importaba demasiado.

—Sir William es muy generoso —respondió Kit, alisándose la falda de popelín verde oscuro.

Le había crecido un poco el pelo, y aquella mañana al mirarse al espejo tenía mejor color, aunque incluso ella se veía demasiado delgada todavía. Comía todo lo que la señora K le ponía delante sin rechistar.

—Muy generoso, no cabe duda —contestó el inspector, ojeando el lujoso mobiliario de la sala.

La casa era la más pequeña de la zona, no demasiado opulenta, pero encantadora, bien equipada y situada en la manzana más cara de Mayfair; la residencia del propio sir William se encontraba en el extremo opuesto del parque.

Kit todavía se estaba acostumbrando a tener una criada y un lacayo, pero la señora K se hallaba en su salsa en su posición de ama de llaves (tras alquilarle alegremente su propia casa a una familia de nueve miembros). Su antigua casera disfrutaba de tener gente sobre la que mandar en su misión de organizarlo todo para la señorita Katherine y el señorito Lucius. Kit había puesto los ojos en blanco y la había amenazado con echarla si volvía a llamarlos así.

—Mucho —confirmó.

Makepeace asintió y bebió un sorbo de un excelente vino de Madeira que la señora K les había traído.

—¿Fue por su propia voluntad? —preguntó.

—Más o menos, aunque hicieron falta ciertas maniobras persuasivas. No tenía ningún interés en que sus queridos compañeros descubrieran que su propio secretario personal era nada menos que Jack el Destripador y que se dedicaba a acuchillar a pobres desgraciadas para practicar magia negra.

—¿Se habrían creído una majadería tan excéntrica?

—Eso no importa, señor Makepeace. Incluso la menor partícula de barro deja huella en una reputación impecable. En el momento en que surgiera una acusación contra Douglas, todo el mundo se lanzaría a asegurar que siempre habían sabido que algo no encajaba en él.

—Pobre sir William —suspiró Makepeace.

Kit sonrió y después se echó a reír.

—No se preocupe demasiado por el viejo, le ha cogido mucho cariño a Lucius y, por mucho que refunfuñe sobre chantajes, también a mí. La escritura de la casa está a mi nombre, tenemos una cantidad considerable en el banco y sir William ha contratado varios médicos para que estudien la enfermedad de Lucius.

—¿Cree que volverá a caminar?

Kit se encogió de hombros.

—Quizás, pero si no, podré cuidar de él.

—¿Y su madre? —preguntó Makepeace tras un momento de duda.

Hubo una larga pausa antes de que Kit se decidiera a responder la pregunta que no le había hecho.

—Mi padre murió porque era un buen hombre. Hace casi tres años, se encontró con una joven en la calle Limehouse, la nieta del boticario. La habían apaleado y apuñalado, los dos responsables estaban todavía de pie junto a ella. Mi padre intentó defenderla y los hombres lo atacaron a él también. Ambos murieron ante los ojos de gente a la que le daba demasiado miedo ayudarlos, pero que no tuvo ningún problema en contar la historia después. —Miró por la ventana, hacia el coqueto jardincito cubierto de nieve—. Me gusta creer que no estuvieron solos en aquel momento, cuando se internaron en la oscuridad.

Kit pensó en Mary Jane, y en Cathy, Elizabeth, Polly y Annie, tan aisladas cuando murieron.

—Después de aquello, mi madre se sumió en la desesperación. Debe entender, inspector, que ya no es la mujer que era... tengo que recordármelo a mí misma todos los días. Esa otra mujer hizo todo lo que estuvo en sus manos para mantenernos juntos, alimentados, vestidos y para darnos un techo en el que cobijarnos. Nadie quiere a la familia de un clérigo cuando el clérigo ya no está.

»Cuando mi madre se casó con mi padre, su propia familia la desheredó. Ella venía de mejor familia, por supuesto, pero cuando una mujer se casa, pierde su posición social, mientras que la del hombre mejora solo una ínfima parte. Encontré a una mujer dispuesta a contratarme como aprendiz, aunque, la verdad sea dicha, era la aprendiz de sombrerera más torpe que había pisado nunca su negocio. Nos apañamos a duras penas con mi sueldo durante un tiempo, pero las cuentas no salían y la enfermedad de Lucius complicaba aún más las cosas.

»Louisa acudió a su familia, le suplicó a su madre que la perdonara, aunque fuera por el bien de sus nietos. Y ella se negó. Ni siquiera nos ofreció una cesta de comida que nos ayudara a capear el temporal... ¿qué clase de espíritu miserable niega hasta un acto de bondad tan básico?

Kit se miró las manos, que apretaba con fuerza sobre su regazo. Se levantó y empezó a deambular por la encantadora habitación.

—Así que, una noche... esto ocurrió antes de que nos mudáramos a casa de la señora Kittredge, ¿sabe?, en otra pensión menos salubre que esa última, en la que era menos probable que nadie se metiera en los asuntos de nadie. Mi madre nos daba un beso de buenas noches y, cuando creía que nos habíamos quedado dormidos, se ponía colorete, se pintaba los labios y se echaba kohl en los ojos como una gitana. Se soltaba el pelo y se ponía el único vestido que había conservado de su vida anterior, cuando era hija de una mujer rica, un vestido de fiesta de color rojo con encajes negros, cuajado de bordados de azabache como estrellas oscuras.

»Yo me escondía y la observaba desde lo alto de la escalera cuando salía por la puerta principal, con la dignidad de una reina, para internarse en la noche a ganar lo que pudiera y así alimentarnos, inspector. Puede juzgar tanto como quiera, pero eso era lo que mi madre estaba dispuesta a hacer por nosotros.

—¿Qué ocurrió? —preguntó Makepeace en voz baja, como si temiera que el sonido de su voz pudiera romper el hechizo de la historia; que ella dejase de hablar y él dejara de estar allí, en ese lugar en el que la joven tejía palabras que evocaban otro tiempo y otro lugar, otras personas que no eran entonces igual que ahora.

—Una noche llegó tarde a casa, magullada y golpeada; casi le habían arrancado una oreja, y el vestido estaba hecho trizas. También la habían cortado, tiene cicatrices en el vientre que desearía no ver jamás. Sobrevivió, pero en realidad no. No aquí arriba. —Kit se dio unos golpecitos en la sien y después sobre el corazón—. Ni aquí. Y, por si no fuera suficiente, uno de esos malnacidos asquerosos la contagió.

—¿Sífilis?

Kit asintió.

—Se está pudriendo desde dentro. Se está pudriendo desde el cerebro hasta su mismo centro, inspector. Cada día es más inestable, y yo ya no puedo cuidarla.

—Así que...

—Sir William ha sido muy generoso... tanto que a veces me pregunto si la conocería de antes, aunque él no dice nada.

Me acuerdo de lo que me contó Mary Kelly, de sus visitas a las chicas antes de estar incapacitado. Le ha conseguido una plaza en un sanatorio cerca de Windsor. Lucius, la señora K y yo la visitamos una vez a la semana, aunque sigue sin hablarme y todavía monta en cólera cuando me ve, así que suelo quedarme en el vestíbulo leyendo. —Kit rio sin rastro de alegría—. Me resulta fascinante que me juzgue con más dureza por vestirme de hombre y entrar en su mundo, inspector, de lo que la juzgué yo nunca por ser prostituta, ¿a usted no?

Makepeace no supo qué responder a aquello, así que cambió de tema.

—Y toda esa... magia que vi en usted, todo ese fuego... ¿se ha desvanecido?

La respuesta fue indirecta.

—No fui yo, el poder no era mío. Era suyo, de las brujas, yo solo fui un catalizador.

—¿Y qué hará ahora?

—Oh, hay temas que requieren mi atención, cosas que me mantienen ocupada —contestó, sin ofrecer más explicación.

Se quedaron sentados en silencio un rato, hasta que Kit sonrió y dijo:

—No quisiera ser grosera, inspector, pero es la hora de la fisioterapia de Lucius.

—Por supuesto.

Makepeace se levantó y Kit lo acompañó a la puerta; cuando lo rozó al pasar, el inspector pareció quedar paralizado. La miró desde arriba con intensidad. Levantó una mano grande y la posó en su hombro, donde se notaban los vendajes que aún sujetaban sus heridas. El inspector abrió la boca para decir algo, inclinándose hacia ella.

—No se equivoque, Makepeace. No seré la puta de ningún hombre —dijo Kit, apretando los labios, que formaban una fina línea enfadada.

Makepeace se sonrojó y murmuró una disculpa, se puso el abrigo sobre los hombros y bajó los escalones a toda prisa.

La joven se preguntó si volvería a verlo o no, después decidió que seguramente no tenía importancia.

Lo observó recorrer la calle hasta que un movimiento captó su atención. Tras la valla que rodeaba el parque privado, en el punto en el que pensaba pedirle al lacayo que llevara a Lucius todos los días de primavera, donde tenía la esperanza de que su hermano volviera a caminar algún día, había una mujer.

Menuda, con el pelo castaño oscuro, ataviada con un vestido verde bosque, una chaqueta corta negra y un delantal blanco y limpio. Pero había algo que no encajaba del todo... su silueta temblaba y titilaba, planeando entre este mundo y el siguiente. Tras su etérea falda había una niña, agarrada a las piernas de su madre, que miraba a Kit con timidez.

Al ver los fantasmas, se maravilló de que el bebé que ni siquiera había llegado a respirar tuviera ese aspecto, pero supuso que Mary Jane podría imaginarse a su hija a su antojo, podría moldear su carne ectoplásmica como quisiera. La mujer le sonrió con una arrogancia peculiar que parecía decir «¿Lo ves? Sigo aquí. Gané».

Kit le devolvió la sonrisa y levantó la mano para saludarla, para despedirla. Mary Jane cogió a la niña en brazos y se la colocó en la cadera. Le hizo un gesto saleroso con la mano y atravesó la valla, adentrándose en el parque cubierto de nieve, desvaneciéndose a medida que se alejaba. Cuando ya no quedaba rastro de ella, Kit se sacudió y entró.

Tenía cosas que hacer.

ST JAMES the GREAT

B

ST PHILIP

HOLY TRINITY
Shoreditch

ST MATTHEW
Bethnal Green

ST MATTHIAS

ST STEPHEN

ALL SAINTS

MILE END NEW TOWN

ST OLAVE
Hanbury Street

CHRIST CHURCH
Spitalfields

ST MARY
Whitechapel

WHITECHAPEL

ST JUDE

ST AUGUSTINE
Stepney

ST BOTOLPH
Without
ALDGATE

COMMERCIAL

ST JOHN THE EVANGELIST
Commercial Road

HOLY TRINITY
Minories

ST MARK

POSFACIO
JUDITH ROMERO

LA CIUDAD DE LAS DOS CARAS

Vuelvo a casa al fin
Puedo oír sus campanas saludar
No hay lugar como Londres...
Sweeney Todd: El barbero diabólico de Fleet Street

La mañana del 20 de junio de 1887 luce radiante en Londres, alejada de la niebla y los cielos grises típicos de la capital. Es el día ideal para la celebración más importante de su historia reciente: el Jubileo de Oro de la reina Victoria. La soberana, que ascendió al trono siendo una adolescente, lleva cincuenta años al frente de un país que bajo su mandato se ha convertido en la primera potencia mundial. La dueña del mundo y señora de los mares. Cuatrocientos millones de personas viven y mueren bajo mandato británico. Victoria es más que una soberana; a pesar de su casi nula influencia en el gobierno, la última de los Hanover se ha convertido en el símbolo viviente de todo lo que significa el Reino Unido. Su estatus y su persona han alcanzado la categoría de mito: *Victoria Regina*, el faro de Occidente, la mano que guía los destinos de Inglaterra y, por extensión, del mundo.

Ese 20 de junio representa el apogeo de una época, la victoriana, que se nos antoja tan relevante como para hablar, accidentalmente o no, de una Francia victoriana, unos Estados Unidos victorianos o, a veces, de una España victoriana, aunque ninguno de esos países estuvo bajo gobierno británico. Y la proverbial joya de la corona, al menos en términos simbólicos, es su capital: Londres, la ciudad donde se mezclan mil acentos y religiones, la urbe más moderna del mundo.

En las calles más pudientes ondean las *Union Jack* y las farolas eléctricas iluminan casas, teatros y restaurantes, haciendo brillar los diamantes de los súbditos más afortunados de Su Graciosa Majestad y de las testas coronadas de medio mundo, que han venido a rendir pleitesía a la veterana monarca. El Imperio británico, y Londres en particular, vive un glorioso verano que terminará abruptamente algo más de un año después con la llegada del otoño del terror.

Porque entonces, como hoy, Londres es una ciudad de dos caras. Y bajo el esplendor y la modernidad anidan la miseria y el dolor. La Revolución Industrial, con sus maravillas técnicas, se ha construido en buena medida sobre las vidas de miles de personas que trabajan incontables horas por sueldos que apenas les permiten sobrevivir. Las desigualdades económicas y sociales son abismales, y a poco que uno abandone las fabulosas burbujas doradas de Grosvenor Square resulta casi imposible no acabar mirando a la cara del hambre y la penuria. En la muy céntrica Trafalgar Square hay un campamento de chabolas que será escenario de violentos enfrentamientos entre movimientos obreros e independentistas y la policía metropolitana, culminando en el «domingo sangriento» del 13 de noviembre de 1887, con 75 heridos graves y más de cuatrocientos detenidos. Solo cinco meses después del desfile de opulencia del Jubileo.

De todos los lugares donde la pobreza campa a sus anchas en Londres, ninguno tiene peor fama que Whitechapel, la auténtica perla negra del East End. Sus calles, que tienen hoy un aire indudablemente bohemio repleto de artistas y *hípsters*, son en 1887 las más peligrosas de la capital, temidas incluso por la policía más experimentada. Es un auténtico gueto donde miseria, violencia, alcoholismo y prostitución son el pan de cada día, muchas veces de forma literal. Sus callejones, apenas iluminados por farolas de gas mal mantenidas (el alumbrado eléctrico no está ni se le espera), son el reverso siniestro de la sociedad dorada que baila y ríe mientras brinda con champán francés a la salud de Victoria.

En esas calles oscuras y paupérrimas Londres le dará al mundo su último y más terrible ejemplo de lo que va a ser el futuro: el primer asesino en serie moderno. Jack el Destripador se sirve de la propia modernidad no solo para cometer sus crímenes, sino para evadir a la policía y tal vez hasta para darse publicidad. Los primeros medios de comunicación de masas hablan de él sin cesar, publican sus cartas (reales o no) y contribuyen al clima de terror generalizado, pero también a la absoluta fascinación que mantiene en vilo a la sociedad. Porque a pesar del horror que deja a su paso, Jack consigue convertirse en algo parecido a una superestrella: el primer nombre propio del *true crime*, y tal vez todavía hoy el más importante. Desde los aterrados habitantes de Whitechapel a los intelectuales de los salones literarios más exquisitos, todos tienen algo que decir sobre los crímenes del Destripador.

Arthur Conan Doyle tiene teorías para dar y vender, entre ellas que Jack es en realidad una mujer; George Bernard Shaw lo considera un «reformador social» que ha puesto en la picota los horrores que viven las clases más desfavorecidas. Y Aleister Crowley, que no se pierde una, cree que Jack es un nigromante cuyos crímenes son en realidad sacrificios rituales para conseguir sus fines, una teoría que resultará familiar a los lectores de *La quinta bruja*. Una se pregunta si tal vez Crowley se cruzó con una Kit Caswell en sus andanzas por el lado más esotérico de Londres. Quién sabe.

Y es que esa es otra de las múltiples contradicciones del Londres victoriano. La ciudad moderna por antonomasia es también profundamente espiritual, en el sentido más literal de la palabra. Las *séances* o sesiones espiritistas se celebran en todos los barrios, pobres o ricos, y no pocos adalides de la tecnología y la ciencia más escéptica participan en ellas de buen grado. Y no solo eso: junto al espiritismo, considerado un pasatiempo más o menos aceptable e inofensivo, conviven decenas de sociedades secretas de carácter mágico que agrupan a algunos de los miembros más relevantes de la sociedad. Desde los masones, con su gran templo de Covent Garden, a la mítica Golden Dawn o la Orden Ancestral de Druidas, es raro no encontrarse con una sociedad secreta como quien dice a la vuelta de la esquina. No resulta extraño que mucha gente de la época crea que Jack es producto de una de ellas. En un mundo que se mueve entre la recién llegada modernidad y los fantasmas (a veces literales) del pasado, el Destripador, con su habilidad casi sobrenatural para aparecer y desaparecer a voluntad y escurrirse entre los dedos de las autoridades, no puede ser más que un hijo del demonio. He ahí otra de las paradojas de ese Jano viviente que es Londres.

Para ser el monstruo por antonomasia de la ciudad, hay que reconocer que Jack es poco dado al espectáculo fantasmagórico, eso sí. Poco más allá de algún grito espectral en Buck's Row (hoy llamada Durward Street), escenario del asesinato de Polly Nichols, la primera víctima «canónica» del Destripador, y de una leyenda algo vaga sobre una figura vestida con capa y sombrero de copa saltando desde el puente de Westminster la noche del Fin de Año, porque otra cosa no, pero Jack siempre fue un amante de la teatralidad. Supongo que no se puede ser una estrella de la crónica negra y de lo sobrenatural a la vez, y Jack resulta mucho más atractivo (y rentable) para lo primero.

Pero volvamos a las calles londinenses, con su niebla y sus olores, sus carruajes y sus fábricas, sus mil reglamentos de buen comportamiento y sus escándalos sexuales.

Porque en eso, Londres en la época del Destripador también es una ciudad de dos caras: la sociedad que protege y encubre el escándalo de los «chicos del telégrafo», en el que diversos hombres de la alta sociedad mantuvieron relaciones sexuales con muchachos empleados por la compañía de telégrafos, algunos de ellos posiblemente menores, es la misma que condenará a la cárcel y el ostracismo a Oscar Wilde pocos años después, arruinando su carrera y su vida, por mantener una relación consentida con un hombre adulto. Por cierto, que entre los prohombres del escándalo del telégrafo se encontraba el príncipe Albert Victor, hijo del príncipe de Gales, tercero en la sucesión al trono y protagonista de la célebre «teoría real» sobre el Destripador en sus dos versiones más famosas: la que dice que era directamente el asesino y la que lo convierte en la persona a proteger de la «deshonra» de haber tenido una hija secreta y/o haberse casado con una chica pobre y católica. Protegerlo por la vía del asesinato serial, claro.

Esta dualidad constante, ese movimiento perpetuo entre la luz y la oscuridad, es lo que convierte al Londres victoriano en un lugar tan atractivo para la ficción. Londres en el *fin de siècle* es el lugar donde todo puede pasar y todo está permitido, donde un empresario despreciable puede enmendar su actitud tras ser aterrorizado por fantasmas, un conde inmortal y chupasangres puede ser derrotado por la gallardía inglesa (aunque el cerebro sea holandés y los músculos, americanos) y una mujer regordeta, adusta y cercana a la ancianidad puede convertirse en casi una diosa pagana, venerada de buen grado o a la fuerza en las cuatro esquinas del planeta.

Por las calles empedradas del Londres victoriano, real o ficticio, pasean héroes y villanos, ángeles y monstruos, científicos locos, resucitadores y paladines de todo tipo de creencias, sean estas religiosas, políticas o sociales (demonios, a veces de todas ellas al mismo tiempo). Y como el Londres victoriano está abierto a todo el que se atreva a visitarlo, este paseo no se limita en el tiempo ni en el espacio. Pocas épocas y lugares han inspirado a más creadores, de los que vivieron y respiraron el aire insalubre de la «sopa de guisantes» a las plumas más vanguardistas de la actualidad. Historias como *La quinta bruja*, con su misterio, su tragedia y sus episodios sangrientos, son los tataranietos rebeldes de los *penny dreadfuls* que tan bien se vendían cuando el Destripador acechaba en las calles de Whitechapel. Hasta el cómic, que pareció resistirse al tema durante años, nos ha dado dos obras maestras del calibre de *Desde el infierno* (la santa biblia de la «teoría real» en la ficción) y *La liga de los hombres extraordinarios*, ambas de la mano de Alan Moore. Un señor al que, por cierto, me cuesta poco imaginar enredado en una guerra de magos contra Aleister Crowley por los fumaderos de opio de Limehouse.

Quién sería el héroe y quién el villano ya es algo que dejo a la elección de los lectores.

En el Londres de Victoria que nos presenta Angela Slatter, Kit Caswell puede convertirse cada noche en un policía honesto que empatiza con las víctimas de un sistema amañado en su contra, la maldad de Jack puede ser derrotada por una heroína que es cualquier cosa menos perfecta, y Polly, Annie, Liz, Cathy y Mary Jane pueden tener, si no un final feliz, al menos su merecida venganza.

Y es que Londres, a pesar de ser hoy una gran ciudad de cristal y acero (al menos según por dónde vaya uno), sigue siendo profundamente victoriana. Es difícil encontrar un barrio donde el espíritu de la época no asome la cabeza y claro, la inspiración acecha a la vuelta de la esquina. Pueden ser los espectaculares cementerios conocidos como "Los Siete Magníficos", con su arquitectura gótica cubierta de enredaderas y sus caminos laberínticos repletos de esculturas que parecen vigilar cada movimiento. ¿Quién ha visitado Highgate y no se ha sentido transportado a un mundo de tafetán, farolas de gas y cosas que acechan en la oscuridad al ver su célebre Avenida Egipcia?

También puede ser la pequeña iglesia del barrio, escondida tras una callejuela estrecha, con un campanario más o menos bien conservado y sí, un pequeño cementerio repleto de lápidas caídas por el que de cuando en cuando asoma una ardilla o un zorro curioso. Puede ser esa estructura redonda y extraña que aguarda junto a la Torre de Londres, ignorada por la mayoría de los turistas, y que esconde uno de los túneles más antiguos de la ciudad, una maravilla de la ingeniería victoriana llamado Tower Subway. O tal vez la colección de cachivaches de un pintor excéntrico, expuesta en una casa que se ha mantenido intacta y majestuosa como una cápsula del tiempo. Quizá la única forma verdadera que existe de viajar al pasado, al menos de momento.

En tiempos relativamente recientes, Londres ha descubierto (o, mejor dicho, redescubierto) un cierto «orgullo victoriano» que llevaba escondiendo desde los años sesenta por aquello de que olía a naftalina. Un redescubrimiento bastante lucrativo, sin duda. Los cientos de paseos guiados por Whitechapel tras los pasos del Destripador (que no son muy del agrado de los genuinos *eastenders*, la verdad) fueron la punta de lanza de una industria dedicada a explotar el lado más victoriano de la ciudad, que abarca desde lo exquisito a lo grotesco, pasando por lo informativo o lo puramente festivo. Charlas, exposiciones, visitas guiadas... y también *raves*, fiestas de disfraces más o menos elegantes, restaurantes temáticos y hasta actividades infantiles. Uno puede ir a un paseo donde le enseñan las fotos de Mary Jane Kelly hecha literalmente picadillo junto al edificio que hoy ocupa lo que fue el 13 de Miller's Court, asistir a una charla sobre avances en prácticas médicas de finales de siglo y rematar el día tomando unas copas en un *music hall* de 1859 restaurado lo justo para no venirse abajo en el que suena una pianola fantasmagórica. Todo eso sin salirse de unos pocos kilómetros cuadrados. La dualidad de Londres también existe en cuestiones de gusto.

Si uno se siente con ganas de andar tal vez puede bajar hasta Victoria Park (llamado *Vicky* por la gente del barrio), el parque público más antiguo de la ciudad, y pasear por sus caminos arbolados. Imaginar quizá la voz de Annie Besant clamando sobre socialismo, sufragismo y teosofía en uno de sus *Speaker's Corners* mientras contempla la fuente erigida en memoria de la filántropa Angela Burdett Coutts. Porque no todo va a ser gótico y oscuro, podemos parar a hacer un picnic frente a la majestuosa pagoda de 1847, de la que los niños decían que estaba habitada por una misteriosa familia china encargada de dar de comer a los patos y cisnes del lago durante la noche. Y aunque Whitechapel queda a un tiro de piedra, tal vez nos apetezca más coger el metro (un invento victoriano, al fin y al cabo) y acercarnos hasta Bloomsbury, con su aire innegablemente literario y sus casitas encantadoras de ladrillo oscuro en las que habitaron Dickens, Yeats y Virginia Woolf, pero también Lenin y Bob Marley.

Esquivando las colas del Museo Británico podemos llegar a Russell Square y maravillarnos ante su impresionante hotel de inspiración parisina (¡sacrilegio!). Tal vez, si el bolsillo lo permite, vayamos a comer a su restaurante, dicen que casi idéntico al del Titanic, pero con mejor suerte. Y ya que los carruajes no están disponibles, podríamos tomar un *black cab* que nos lleve hasta Mayfair y terminar nuestra excursión en Grosvenor Street, en cuyas casas señoriales se reunían clubs de caballeros y alguna que otra sociedad secreta (¡hola, Aleister!), y donde la alta aristocracia celebraba el Jubileo de Victoria aquel 20 de junio de 1887 en el que empezaba este viaje.

El Londres victoriano sigue más vivo que nunca a pesar de que su gran símbolo murió hace casi un siglo y cuarto. Vive en su arquitectura, en sus callejones ocultos, en sus parques y cementerios. Vive en sus normas absurdamente rígidas y en su afición por lo oscuro, lo extraño y lo sensacional. En lo literario y lo popular, en los mercadillos de comida callejera y los clubs privados. Vive en esa dualidad de luces y sombras que es el alma de esta ciudad partida en dos desde su mismo nacimiento. Vive en heroínas como Kit Caswell, una mujer que también tiene dos caras, lanzándose a las calles enfundada en su uniforme a pesar de las circunstancias (y también a causa de ellas) para enfrentarse al mal, tanto social como sobrenatural. Vive, sobre todo, en la imaginación de aquellos que amamos las historias, preguntándonos qué se esconde al otro lado de la niebla.

Solo hay que saber dónde mirar.

Mi carruaje ha llegado, queridos. No es decoroso hacer esperar a Su Majestad. Nos veremos en el próximo baile.

Judith Romero
Cuentacuentos
Richmond, Londres
Febrero de 2024

Otros libros de la autora

De conjuros y otras penas

Traducción de Rebeca Cardeñoso
Posfacio de Lola Llatas

«Hubo un tiempo en que creí que no volvería a practicar la magia, pero habría sido más fácil dejar de respirar. Simplemente, ahora soy mucho más cuidadosa con lo que hago».

www.duermevelaediciones.es